의
사
의

생
각

의사의 생각

펴 낸 날　|　2020년 10월 5일 초판 1쇄

지은이　|　양성관
펴낸이　|　이태권

펴 낸 곳　|　소담출판사
　　　　　　서울특별시 성북구 성북로5길 12 소담빌딩 301호 (우)02880
　　　　　　전화 | 02-745-8566　팩스 | 02-747-3238
　　　　　　등록번호 | 1979년 11월 14일 제2-42호
　　　　　　e-mail | sodambooks@naver.com
　　　　　　홈페이지 | www.dreamsodam.co.kr

ISBN　　　979-11-6027-188-1　03810

이 도서의 국립중앙도서관 출판시도서목록(CIP)은
서지정보유통지원시스템 홈페이지(http://seoji.nl.go.kr)와
국가자료공동목록시스템(https://www.nl.go.kr/kolisnet)에서
이용하실 수 있습니다. (CIP제어번호: CIP2020039057)

의사의 생각

양성관 지음

이 세상 가장 솔직한 의사 이야기

차례

視 보다

聽 듣다

B급 의사의 S급 현실 이야기

진료실에서 의사는 어떤 일을 겪고, 어떤 생각과 고민을 할까? 이 책은 그 질문에 대한 이야기다. 환자를 위해 자신의 삶을 희생하는 슈바이처나 이국종 같은 의사는 이 책에 없다. 이 책에 나오는 주인공은 텔레비전의 의사들처럼 고상하지도 않고 잘생기지도 않았다. 그래도 독특하기는 하다. 대머리니까.

피가 얼굴에 튀고 환자가 숨이 넘어가는 상황 속에서도 망설이지 않고 카리스마를 발휘하는 영화나 드라마 속 의사와는 다르게, 그는 대머리인 외모 빼고는 전부 소심해 7년 전에 있었던 사건을 어제 일처럼 생생하게 기억하며 아직도 끙끙 속 앓이를 하고 있다.

"선생님, 어떻게 좀 해봐요! 우리 아이 죽는 거 아니에요?"
아주 간단한 수술이었다. 할머니가 울부짖는 건, 그 간단한 수술이 끝난 지 48시간도 채 되지 않았을 때였다. 할머니는 소리쳤고, 열 살 아이는 내 눈앞에서 검붉은 피를 토했다. 머릿속이 하얘졌다. '은지를 잃을 수도 있겠다'라는 생각이 들었다. 하지만 의사로서 할 수 있는 게 없었다. 피를 토하던 은지가 이번에는 거품을 물며 경련을 일으켰다. 은지가 죽겠다 싶었다.

_「모든 게 문제투성이였다」 중에서

그리고 선택의 순간에서, 의사도 되었다가 환자도 되어본다.

의사나 병원 입장에서는 검사를 하면 매출도 증가하고, 특정 질환을 확진하거나 배제할 수 있어 여러모로 득이 된다. 반대로 검사를 안 했다가 나중에 다른 병원에서 검사를 받고 큰 병을 진단받으면 환자나 보호자가 따지러 오고, 각종 소송에 시달린다.
환자는 검사를 받게 되면, 돈도 돈이지만 일단 아프고 불편하다.

주사 바늘은 어른이 되어도 아프다. 대장 내시경을 받으려면 밤새 화장실을 들락날락거리며 항문이 쓰라릴 때까지 설사를 해야 한다. 거기에다 조직 검사라도 하면 검사 결과가 나오는 일주일 동안 혹시나 큰 병일까 걱정도 된다. 환자 입장에서는 검사도 안 받고, 암 같은 질병도 아닌 게 최선이다. 이는 서로에 대한 입장 차이에서 오는 구조적 문제이지 개개인의 문제가 아니다. 다만 환자가 의사를 믿고, 의사가 환자를 믿으면 좀 더 불필요한 검사를 줄일 수 있을 것이다.

_「그 검사 꼭 해야 돼요?」 중에서

그는 의사에 대한 환상을 걷어내고, 의사도 평범한 사람임을 이야기한다.

내 카톡 단체창 중에 가장 활성화된 방은 20대의 피 끓는 청춘을 함께한 의대 동기 방으로, 순수하게 남자만 다섯이다. ……(중략)…… 의사 다섯 명이서 카톡을 하면, 3세대 면역 항암제 키트루다의 작용 기전 및 비소세포 폐암에서의 생존율 향상이나, 유전자 구조 분석을 통한 암 발생 가능성 예측, 고혈압 환자의 약물 순응도를 높이기 위한 방안 등에 관한 이야기를 나눌 것 같지만 그렇지 않다. 대화 내용의 90%는 '나이가 드니 이제 술 조금만 먹어도 힘들다'부터 해서, 이번에 이슈가 된 여자 연예인 이야기, 가장 만만한 정부와 대통령 비난, 얼마나 벌어야 일을 하지 않고서 먹고살 수 있을지에 대한 고민이다.

_「나는 왜 의사를 하는가」 중에서

그리고 의사 아들로서 겪은 에피소드를 담담히 털어놓는다.

"어머니, 무슨 일 있어요?"

"아, 아들아, 진료하는데 내가 방해했제? 이제 환자 없나?"

"괜찮아요. 환자 없어요. 어디 아파요?"

"아니, 다른 게 아니라 내가 살이 몇 달 사이에 엄청 빠졌네."

……(중략)……

"그냥 제 말 듣고, 금식하고 가세요. 의사한테 최근에 살이 많이 빠져서 왔다 그러면, 알아서 검사할 거예요. 마지막으로 건강검진 언제 했어요?"

"나, 한 번도 안 했지."

'하, 명색이 아들이 의사인데, 어머니는 그 흔한 건강검진 한 번 안 했네. 내가 지금 누굴 살린다고 이 지랄이고. 엄마가 이상한

것도 모르고.'

이 외에도 어머니가 어디 어디 아프다고 그러면, 의사인 내 대답은 항상 똑같다. "병원에 가보세요"가 전부이다. 그러다 보니, 점점 당신께서는 어디 아프다고 아들 앞에서 말을 하지 않으신다. 슬픈 일이 아닐 수 없다.

_「잘 키운 의사 아들, 아무 쓸모 없다」 중에서

그는 게다가 지독하게 현실적이고 솔직하다.

나는 가장이자, 주희 아빠이자, 윤정이 남편으로 집안 생계를 책임진다. 게다가 27년간 나를 키우신 부모님께서는 현재 수입이 얼마 없기에 적은 용돈이라도 손에 쥐어드리려면 돈을 벌어야 한다. 이직을 한다고 3주 정도 쉰 경우를 제외하고는 10년간 계속 일했다.

혹시나 내가 당장 의사를 할 수 없다면 어떤 일을 하면서 입에 풀칠을 할 수 있을까? ……(중략)…… 책은 여섯 권이나 썼으나, 네 권만 발행되었고, 그 네 권마저 초판도 다 안 팔렸다. 인세라고 받은 건 모두 합쳐서 300만 원도 안 된다. 어머니께서는 "빵

귀도 자주 꾸다 보면 똥이 나온다"라며 응원하시지만 때때로는 "도대체 그놈의 책은 언제 대박이 나냐?"며 나보다 더 갑갑해하신다. 지금도 부지런히 글을 쓰고는 있지만 작가로 먹고살기는 글러먹었다. ……(중략)……

어머니의 평생 조언에 따라 빚을 안 내서 집도 없다. 2년간 몇천만 원으로 주식도 해보고, 펀드, 채권, 금, 원유까지 투자해보았으나 신경은 신경대로 쓰고, 돈은 돈대로 잃었다. 아내는, 만지면 황금이 되는 '마이더스의 손'이 아니라, 손만 대면 가격이 떨어지는 '마이너스의 손'이라고 종종 약 올린다. ……(중략)…… 서른아홉 살에 전세금도 부족해 전세대출을 받아 남의 집에 세 들어 살고 있다. 가끔 젊은 시절에 몸과 마음을 바쳐 수련을 받을 게 아니라 영혼까지 끌어모아 아파트를 샀어야 했다고 후회한다. 2020년에 닥친 기나긴 장마에 전세로 살고 있는 집 천장에서 물이 새고 있다. 아내도 의사이지만 서울에서 아파트 사는 걸 포기했다. 이번 생애는 망했다.

의사 말고는 할 줄 아는 것도, 할 수 있는 것도 없다. 이는 나뿐만 아니라 의사라는 외길만 걸어온 사람들 모두 그럴 것이다. 어쩔 수 없이 의사를 해서 먹고살아야 한다. 남자 나이 서른아홉 살에 먹여 살려야 할 처자식이 있다. 새로운 걸 시도하기에 늦은 건 아니지만 현실적으로는 불가능하다. 처자식이 없는 10년 전이라면 또 모를까. ……(중략)……

서른아홉 살까지 배운 게 이것뿐이라, 먹고살기 위해 환자를 본다.

_「나는 왜 의사를 하는가」 중에서

하지만 그렇기에 그동안 아무도 말한 적 없는 의사 이야기를 들려준다. 이 책을 읽다 보면 웃기(「정파 무림 고수의 몰락」)도 하고, 울기(「잘 키운 의사 아들, 아무 쓸모 없다」)도 하고, 가슴이 먹먹해지기(「바닥을 보다」)도 한다. 그러면서 하얀 가운을 입고 있는 의사가 끊임없이 검사를 권하는 이유도 조금 더 알게 된다.

"친구야, 둘째가 태어난 지 두 달밖에 안 됐는데 열이 계속 나서 응급실에 왔어. 병원 의사가 입원해서 보자네. 뇌척수액 검사까지 해야 할지도 모르겠다고 그러는데 어떡하면 좋노?"

"애 상태는 어떻노?"

"잘 놀고, 다른 증상은 없어. 그런데 어제부터 열이 계속 나더니 안 떨어지네."

……(중략)……

"해열제 먹고, 집에 가서 좀 지켜보면 안 되나?"

갓난아이 아빠인 친구 정민이는 당장이라도 집에 가고 싶을 것이다.

"대개는, 대충 한 95% 아니 97%(그 어떤 근거도 없는 막연한 추측이다)는 괜찮거든. 내가 환자나 보호자면 당연히 집에 가겠지. 근데 또 그 1~2%가 막상 터지면 100%거든. 의사 입장에서는 99% 확실해도, 그런 환자를 100명, 천 명 보니까. 그러면 꼭 몇 명은 문제가 생겨. 그러니까 의사는 무조건 검사를 하자고 할 수밖에 없지."

_「그 검사 꼭 해야 돼요?」 중에서

드라마가 아니라 현실 세계, 그것도 한 의사의 머릿속에 들어온 것을 진심으로 환영한다. 구경 잘하고 가시기를.

2020년 코로나가 한창일 때,
현실 속 의사 양성관 쓰다

그나저나 이놈의 코로나로 의사이자 직장인인 나도 환자가 급격히 줄었다. 원장이자 사장님이 "양 선생, 환자도 줄었는데 이번 달까지만 하고 다음 달부터는 안 나와도 되네" 할까 혼자 속으로 전전긍긍하고 있다. 출퇴근할 때 일부러 '다이어트 한다'는 핑계로 엘리베이터도 안 타고 5층까지 걸어 다니며 원장님을 최대한 피하고 있다. 환자가 오면 혹시나 코로나 걸린 환자일까 걱정, 그렇다고 환자가 또 안 오면 매출이 줄어 직장에서 잘릴까 걱정이다. 젠장.

보다

視

의사, 셜록 홈스를 꿈꾸다

1

환자가 진료실 문을 열고 들어올 때, 나는 셜록 홈스와 왓슨의 첫 만남을 떠올린다. 셜록 홈스는 하숙을 구하려고 찾아온 왓슨을 처음 보자마자 대뜸 말한다.

"아프가니스탄에 있다가 오셨군요."

"대관절 그걸 어떻게 아셨습니까?"

······(중략)······

"처음 만났을 때, 제가 박사님에게 아프가니스탄에서 오셨냐고 묻자 좀 놀라시는 것 같더군요."

"누구한테 그 얘기를 들으셨겠지요."

"전혀 그렇지 않습니다. 아주 습관이 되어버린 탓에 수많은 생각이 한꺼번에 머릿속을 스쳐 갔고, 저는 중간 단계를 의식하지 못한 채 결론에 도달했습니다. 하지만 중간 단계는 있었습니다. '이 신사는 의사 같지만 그러면서도 군인 같은 분위기를 풍긴다. 그러면 군의관이 분명하다. 얼굴빛이 검은 것으로 보아 열대 지방에서 귀국한 지 얼마 안 되는 것 같다. 손목이 흰 걸 보면 살빛이 원래는 검지 않다는 것을 알 수 있다. 얼굴이 해쓱한 것은 고생을 많이 하고 병에 시달렸기 때문이겠지. 왼팔에 부상을 입은 적이 있나 보다. 왼팔의 움직임이 뻣뻣하고 부자연스럽다. 열대 지방에서 영국 군의관이 그렇게 심하게 고생하고 팔에 부상까지 입을 만한 곳이 어디일까? 분명히 아프가니스탄이다.' 이러한 생각들이 1초도 안 되는 사이에 스쳐 갔습니다. 그래서 저는 박사님에게 아프가니스탄에서 오셨냐고 한마디 슬쩍 건넸고, 박사님은 깜짝 놀란 것이지요."

차트

환자가 접수된다. 이름을 클릭하면, 밖에서 "XXX 씨, 진료
실로 들어오세요"라는 기계음이 들린다. 이름이 호출되고, 밖에
앉아 있던 사람이 진료실 문을 열고 들어오는 순간까지 3~5초
남짓한 시간에 의사인 나는 셜록 홈스가 되어 추리를 시작한다.

차트부터 본다. 나이, 성별, 집 주소에, 15세 미만이면 체온
과 몸무게까지 확인한다. 이전에 우리 병원에 온 적이 있을 경
우에는 차트를 리뷰한다. 진단명, 증상, 처방 내역, 특이사항란
에 적힌 부작용, 과거력에 경고 표시까지. 내 눈은 부지런히 컴
퓨터 모니터 안을 굴러다닌다.

나이 많으신 분이 이름이 불렸는데도 10초 안에 들어오시
지 않으면, 청력 저하가 심하거나 거동이 불편한 경우가 많다.
문이 열리고, 환자가 들어오면 미소를 띠며 첫인사를 건넨다.

기록이 아예 없는 하얀 차트가 눈앞에 펼쳐지면 나도 모르
게 양 미간이 찡그려진다. '생초진', 즉 우리 병원에 한 번도 온
적이 없는 환자이다. 생초진 환자를 보는 건, 소개팅의 첫 만남
에서 딱 설렘만 빼면 된다. 의사인 나도, 아픈 환자도 서로 긴
장을 한다.

첫인상을 결정짓는 첫마디

"최원준 씨, 저희 병원은 처음이신데 어디가 불편하세요?"

"아, 제가 수원 살다 이곳에 이사 와서 처음인데요."

현재 내가 근무하는 곳이, 서울 외곽의 중소도시이다 보니, 새로 이사 온 경우가 많다. 환자의 말에 내 미간의 주름이 펴진다.

"제 친구가 얼마 전에 여기서 치료 보고 갔는데, 잘 본다고 그래서 와봤어요."

나는 입가에 떠오르는 미소를 억지로 누르면서 추임새를 넣는다.

"아이고, 뭐 그런 말씀을."

의자를 당겨 앉고 좀 더 환자에게 몸을 기울인다. 문제는 이제부터다.

"아, 제가 사실은 다른 병원에서 몇 번 진료를 받았는데, 호전이 없어서……."

등뿐만 아니라, 마우스를 쥐고 있는 오른손바닥에 식은땀이 맺힌다.

1. 대개는 증상 호전까지 시간이 걸리지만, 환자가 그걸 참지 못하고 뭔가 특별한 치료가 있을 거라고 생각하거나

2. 이전 의사의 진단과 치료가 잘못되었거나

3. 기타

이중 하나다. 어떤 분은 "선생님, 제가 머리가 아픈데 이유가 뭘까요?"라며, 거두절미하고 결론부터 물어본다. 첫 맞선에서 통성명을 하자마자 대뜸 상대가 "저랑 결혼하실 거예요?"라고 묻는 것과 같다. 도난 신고를 받고 출동한 경찰이 현장을 보기도 전에 다짜고짜 "도둑이 누구예요?"라고 묻는 그런 상황.

나이가 지긋하신 분이면 어깨에 손을 얹으면서 "아이고, 성격도 급하셔라. 언제부터 머리가 아팠어요?" 묻고, 중년이라면 "보자마자 알면, 제가 점쟁이지 의사입니까? 머리가 어떻게 아파요?" 하고 되묻는다. 젊은 사람이라면 "머리가 아픈 이유가 책이 한 권인데, 머리 어디가 아파요?" 하며 말을 이어나간다.

거의 유사한 경우가 "선생님, 제가 어지러운데 빈혈(또는 이석증) 때문인가요?" 이렇게 특정 진단을 묻는 경우다. 이는 "다리가 네 개인 동물을 봤는데, 코끼리죠?" 하고 묻는 것과 같다. 경험상 이런 분들은 성격도 급하고 감정적이라 쉽지 않다. 처

음부터 길이 삼천포로 빠진다. "그럴 수도 있고 아닐 수도 있죠. 자, 어떻게 어지러워요?"

어떤 사람은 아예 "제가 목감기에 걸려서요." 진단을 내리고 온다. 그러면 나는 "목이 아프다는 말이죠?" 하며 다시 묻는다. 얼굴에 '진료받는 게 귀찮으니 빨리 처방전이나 내놔', '내몸은 내가 더 잘 아니까, 넌 그냥 내가 달라는 대로 약이나 주면 돼.' 이런 표정을 짓는 사람도 있다.

"목이 아픈 이유는 단순 감기, 편도염에서부터 역류성 식도염, 암까지 다양한데, 어떻게 불편해요?" 하고 묻거나, 목소리에 힘을 주며 "진단은 의사가 내리는 겁니다. 증상을 말해보세요." 하면서 한차례 기를 꺾어놓는다.

가장 최악은 처음부터 다짜고짜 음성을 높이며 "아니, 어디 아파서 저 앞에 있는 XX 병원에 갔는데, 어, 거기 의사가 잘 알지도 못하면서 돈이나 벌려고 대뜸 검사부터 하자고 해서, 기분이 상해 가지고, 어, 어떻게 의사가 사람을 돈으로 보고, 그렇게 대하는 경우가 어디 있어?" 하며 다른 의사나 병원을 비난하면서 시작하는 케이스다. '의사인 내가 조금이라도 자신의 마음에 들지 않으면 병원 나가자마자 나를 욕하겠지. 끙.' 이런 분들도 피하고 싶다.

"내가 누군데", "내가 이런 사람인데" 하는 상황을 마주하면, 대뇌에서 공포와 두려움, 분노를 담당하는 편도체가 먼저 활성화된다. 이성적 사고를 담당하는 전두엽은 진단과 치료를 고민하기에 앞서, 어떻게 하면 이 환자에게서 무사히 벗어날지 고민한다.

이름만 보아도 미소가 지어지는 반가운 분들도 있다. 의사도 인간인지라, 이런 분들이 오면 한마디라도 더 이야기를 하고 싶고 어떻게든 도움을 주고 싶다. 처방이야 매달 똑같은 고혈압 약이지만 날씨도 추운데 그동안 잘 지내셨냐며, 저번에 왔을 때 배 아픈 건 좀 어떠셨는지 묻고, 빙판길에 넘어지면 큰일이니 길 조심하라고 당부도 건넨다.

한 달 안에, 병원에 온 적이 있는 재진 환자라면 나도 모르게 어깨에 힘이 덜 들어간다. 3일 전에 감기로 왔다면, 대개는 약에 효과가 없거나, 아니면 좋아졌는데 아직 완전히 낫지 않아서 온다. 5일 전에 감기로 와서 3일치 약을 처방해 간 사람이라면 약 먹을 땐 괜찮았는데 약을 안 먹으니 증상이 재발한 경우라서 대개는 같은 약을 처방한다.

다만 재진일 때도 마음이 편하지 않은 예외가 있다. 오늘 오전에 온 환자가 오후에 다시 오면 식은땀이 난다. '약 먹고 부

작용이 생겼나', '내 진료가 뭔가 마음에 안 들어 따지러 왔나?'
어제 약을 3일치 받아 간 분이 오늘 다시 와도 내 가슴이 콩닥
거린다. 약에 효과가 없거나, 증상이 더 심해지거나, 다른 증상
이 생겼을까 걱정된다. 환자가 들어오는 그 짧은 시간에 침을
꼴깍 삼킨다. 복통으로 왔었다면 통증이 더 심해진 경우가 많
으므로 머리털이 쭈뼛쭈뼛 선다.

눈

"똑똑."

노크 소리가 들리면, 눈은 반사적으로 소리가 난 곳을 향
한다. 중지보다 약간 긴 금속 손잡이가 9시에서 6시 방향으로
돌아가고, 문이 60도가량 열린다. 문틈으로 위로는 환자 얼굴
이, 아래로는 환자 발이 보인다. 그때부터 또 다른 추리를 시
작한다.

문에서 의자까지 3m 남짓한 거리를 대여섯 발자국 걸어서
의자에 앉기까지 3초의 시간이 나에게 주어진다. 환자의 키와
몸무게를 추정하고, 위로는 머릿결에서 아래로는 신발까지 본

다. 머리는 감고 다니는지, 세수는 했는지, 옷은 깨끗한지, 눈빛은 흔들리는지, 인상을 쓰는지, 슬리퍼인지 구두인지 파악한다. 이마에 새겨진 주름을 보고서, 이게 오늘 시작된 급성 통증인지, 몇 달간 지속된 만성 통증인지, 약간 불편한 건지 심한 건지 감별한다.

게다가 몸이 아픈 건지, 아니면 마음이 아픈 건지 구분해야 한다. 우울증을 앓고 있는 사람에게서는 걷히지 않는 짙은 회색 안개 유사한 느낌이 있다. 신경증 환자는 충혈된 눈으로 쉬지 않고 붉은 눈을 두리번거린다. 눈을 부릅뜨고 공중에 대고 혼잣말을 하는 경우 망상이나 조현병을 고려해야 한다.

문을 열고 들어오면서 인사를 하는데 왠지 뒤가 마려운 표정으로 내 얼굴을 제대로 쳐다보지 못하는 중고등학생이라면 꾀병일 확률이 높다. 개학 후 일주일 이내, 월요일이나 비가 많이 오는 날 오전이라면 학교에 지각을 했거나 학교 가기 싫어서 왔을 가능성이 있다. 그래도 착한 학생이다. 아예 대놓고 진료확인서를 끊으러 왔다는 학생에 비하면.

덩치가 어느 정도 있고 얼굴이 붉은 중년의 남자라면, 어느 정도 술이나 먹는 것을 즐길 것이다. 반대로 50대 남자가 심각하게 말랐다면 열에 아홉은 만성 알코올 중독이나 만성 폐쇄성 폐질환 같은 심각한 질환이다.

등이 굽지는 않았는지, 심하게 절뚝거리거나 한 걸음을 뗄 때마다 힘들어하지는 않는지 살핀다. 뇌경색, 파킨슨, 기타 퇴행성 질환 등이 머릿속에 떠오른다.

옷도 중요하다. 몸에 딱 달라붙는 스포츠웨어를 입고 왔다면, 운동선수인지를 꼭 물어본다. 운동선수라면 도핑 테스트가 있어 감기약조차 조심해서 써야 한다. 메이커가 아닌 등산화에, 상하의에 흙이 잔뜩 묻어 있다면 건설업에 종사할 가능성이 높다. 대체적으로 근골격계 질환, 위염이다. 초진에 타지 사람이라면, 건설 현장에서 혈압을 쟀더니 높아서, 일해도 괜찮다는 의사소견서를 받으러 왔을 수도 있다.

코

환자가 의자에 가까이 다가오면 그 사람의 체취가 훅 하고 들어온다. 오후에 오는 남자 고등학생은 축축한 땀과 발 냄새가 난다. 후각이 발달한 나는 담배를 피우지 않아서 환자가 담배를 한 개비라도 피웠다면, 그 냄새를 단번에 포착한다. 남고

생은 물론이고, 여고생과 남중생들에게서도 가끔 담배 냄새가 난다. 다만 알면서도 말을 하지 않을 뿐.

환자가 말을 하는데 구취가 심하게 난다면, 양치를 잘 안 하거나, 담배를 피우거나, 역류성 식도염 환자일 가능성이 높다. 당뇨가 매우 심한 환자에게서는 복숭아 향이 나기도 한다는데, 아직 맡아본 적은 없다. 술 냄새야 워낙 자주 맡는다. 심한 술 냄새를 풍기는 환자들은 헝클어진 머리에, 충혈된 눈을 하고 배를 붙잡고 들어온다. 응급실에서 질리도록 봤고 또 진료실에서도 가끔 본다.

눈보다 코가 먼저 반응할 때도 있다. 하루는 119를 통해 노숙하는 60대 남성이 응급실에 실려 왔다. 초여름이었지만 무명남은 겨울 잠바를 입고 있었고, 머리카락이 뒤엉켜 붙어 엿가락처럼 굵었다. 그리고 얼굴은 머리카락과 구분이 안 될 정도로 검었다. 침대에 눕히기 위해, 원래 어떤 색이었는지 알 수 없는 까만 신발을 벗겼을 때, 한 인간의 두 발에서 나는 냄새가 100평이 넘는 하얀 대학병원 응급실을 가득 채웠다. 별의별 사람 다 겪은 응급실 의사들마저 움찔거리며 뒷걸음쳤다. 의사가 그 정도였으니 다른 사람들은 말해 무엇하랴. 수십 명의 환자와 보호자는 물론이고 아파서 누워 있던 사람들조차도 그 냄새에 얼굴을 찡그렸다. 가장 불쌍한 사람은 그 환자 바로 옆에 누워 있던 사람이었다. 갑자기 웩웩거리며 헛구역질을 해댔다. 그때 생각만 하면 아직도 코가 얼얼하다.

보호자

혼자 오는 사람도 있지만, 절반은 보호자와 같이 온다. 환자가 30대 이상이라면 보호자는 대개 남편이나 아내이다. 70대 이상이면 대개 배우자를 동반하지만, 80대 이상이면 보호자는 자식, 배우자, 이웃 순이다. 외국인은 보통 한국말을 할 줄 아는 사람을 동반해서 온다.

아이들은 열 살까지는 부모님과 같이 온다. 열다섯 살 정도 되면, 혼자 오는 경우와 부모님과 함께 오는 경우가 절반씩, 스무 살 이후면 대개 혼자 온다. 만 세 살을 기준으로, 어리면 엄마나 아빠와 같이 의자에 앉는다. 나이가 그 이상이면 아이 혼자 의자에 앉고, 보호자는 한 걸음 정도 아이 뒤에 선다. 중고등학생이면 부모는 환자에게서 2m 정도 떨어진 보호자용 의자에 앉아 자식을 지켜본다.

의사는 아픈 아이를 진찰하는 동시에, 보호자도 관찰한다. 엄마의 나이, 옷차림, 아직은 깊지 않지만 시간이 지나면 더 선명해질 눈과 입가의 주름, 그 계곡에서 풍겨오는 삶의 흔적들. 그중에서도 눈빛이 가장 중요하다. 분신인 자식을 바라보는 시선과 중간중간 눈이 향하는 방향. 과거를 회상하는지, 아이를 쳐다보지 않고 핸드폰만 보는지. 의식적이든 무의식적이든 선택한 어휘와 말에 실린 감정들은 그대로 의사에게 전해진다.

"내가 너 때문에 못 살아, 맨날 속만 썩이면서 하라는 공부는 안 하고."

나조차 귀를 막고 싶어진다. 아이는 표정이나 몸짓으로 엄마에게 품고 있는 감정을 나타낸다. '나를 못 잡아먹어서 안달이야.' '난 괜찮다는데 괜히 귀찮게 병원에 데리고 와서는 이 난리야.'

엄마가 말할 때 아이가 움찔거리거나 혼자 고개를 절레절레 저으면, 그걸 바라보는 내 마음이 아파온다. 엄마와 아이는 아주 오래전부터 서로에게 깊은 상처를 내고 있었다.

우는 아이

하루는 키는 153이나 될까, 작은 얼굴에 심한 복부 비만으로 오뚝이 같은 여고생이 병원에 왔다. 검은 피부에 심한 여드름까지, 쌍꺼풀도 없는 작은 눈이 검은색 플라스틱 안경 뒤에서 더 어두워 보였다. 입술 양끝이 축 처져서, 10대의 발랄함은 찾아볼 수 없고, 나이에 걸맞지 않은 수심이 가득했다. 만성적인 통증이나 우울. 조금이라도 기분을 좋게 하기 위해 선택한 과식과 폭식으로 인한 비만. 열일곱 살 수진이가 문을 열고 들어와서 의자에 앉기까지 말 한마디 나누지 않고, 몇 초 남짓한 시간, 내가 한 추리였다.

차트를 보니 한 달에도 몇 번이고, 배가 아프거나 머리가 아파서 온 기록이 있다. 2년 전에는 두통, 1년 전에는 복통, 대학병원에서 머리 MRI뿐만 아니라 검사란 검사는 다 했고 정상이었다고 적혀 있었다.

수진이를 따라 50대 중반 정도에 누가 봐도 그 딸에 그 엄마인 것을 알 수 있는 보호자가 따라 들어왔다. 다만 엄마는 수진이보다 10cm는 더 크고 뚱뚱했다. 수진이가 의자에 앉자, 수진이 엄마는 보호자 의자에 앉지도 않고 팔짱을 낀 채로 서서

절의 일주문을 지키는 사천왕처럼 눈을 부라리며 자신의 딸을 내려다보았다.

어머니가 딸을 보는 눈빛이 섬뜩했다. 어머니는 딸이 아니라 죄인을 바라보고 있었다. 둘은 아무 말 하지 않았지만, 수진이는 '저는 아파요, 슬퍼요', 엄마는 '어디서 또 꾀병이야, 내가 니 때문에 못 산다. 니 같은 것……' 하며 보이지 않는 말을 하고 있었다.

'어떡하지.' 두 모녀를 바라보는 내 가슴이 답답했다.

"수진이 학생, 저희 병원에 이전에 머리 아프고, 배가 아파서 여러 번 왔었는데, 오늘은 어디가 불편해서 왔나요?" 하고 묻자 수진이는 나를 제대로 쳐다보지도 못하고 바닥을 쳐다보며 "배가 아파요"라고 대답했다. 풀 죽은 목소리가 젖어 있다.

"예전에도 배가 아프고, 머리가 아파서 XX대 병원에서 검사했는데, 이상 없다고 했었다죠?"

"아, 쟤 때문에 큰 병원에서 돈은 돈 대로 쓰고 다 검사했는데, 이상 없었다니까요."

뒤에서 어머니가 대화에 끼어든다.

"수진이가 대답할 수 있는 나이다. 그렇지?"

나는 수진이에게 계속 말을 건다.

"어디가 아파요?"

"여기가요."

"어떻게 아파요?"

"막 아파요."

"언제부터 그랬어요?"

"좀 됐어요."

"언제 그래요?"

"시도 때도 없이 그래요."

"어떻게 하면 좋아져요?"

"모르겠어요."

질문은 끊임없이 이어지지만, 특정한 진단이나 질병으로 이어질 만한 단서가 없다. 아니, 쓸 만한 대답이 하나도 없는 게 가장 유력한 단서이다.

"침대에 신발 벗고 누워보세요."

수진이는 배가 아파서 그런지, 체중이 많이 나가서 그런지 침대에 끙끙대며 눕는다. 하얀 블라우스를 올린다. 배는 피부가 감당할 수 없을 만큼 부풀어서 임산부들에게 흔히 나타나는 튼살이 몇 줄이나 나 있다. 갈색 피부에 튼살이 주위보다 희어서 갈라진 틈이 도드라졌다. 블라우스 끝을 잡고 있는 수진이의 손에 힘이 들어간다.

"어디가 아파요? 손가락으로 짚어봐요."

손바닥을 펴서 배를 덮는다.

"다 아파요."

배에 청진기를 대고, 장음을 듣고, 배를 두드리고 또 눌러보고서, 다시 침대에 앉혀서 양쪽 옆구리를 손으로 두드린다.

"숨을 크게 들이마셔 보세요."

특별한 게 없다.

"마지막으로 생리를 언제 했어요?"

"2주 전에요."

잠은 잘 자냐고 물으니까, 늦게 잔다고 옆에서 엄마가 짜증 섞인 목소리로 또 대답한다.

"맨날 잠은 안 자고,"

어머니의 날 선 말이 거슬려 말을 끊는다.

"수진이 학생, 다 컸으니까 수진이 학생이 말해볼까요?"

대답이 바로 나오지 않다가, 조금 기다리자 들릴까 말까 한 목소리로 대답한다.

"좀 늦게 자요."

"먹는 건 어때요?"

"아침은 안 먹고, 주로 밤에 먹어요."

아이의 작은 목소리와는 반대로 질책하는 엄마의 큰 목소리가 또다시 끼어든다.

"맨날 밤에 잠은 안 자고, 처먹기만 하고."

폭식과 비만, 일그러진 부모 자식 관계, 우울증. 이 모든 게 겉으로 드러나는 복통과 두통 뒤에 숨어 있는 범인이었다. 범인은 찾았지만, 범인을 검거할 수가 없다. 조심스럽게 생활 습관을 바꿀 것을 권유하고, 약을 주며 진료를 마쳤다.

첫 진료 이후로 1년이 지났다. 그 후로도 수진이는 같은 증상으로 어머니와 함께 열 번도 넘게 병원에 왔다. '배가 아파요, 머리가 아파요' 증상도 같고, 어머니가 수진이를 바라보는 눈빛도 변하지 않았다.

어느 날, 수진이가 어머니 없이 혼자 왔다. 나는 조심스럽게 말을 꺼냈다.

"제가 수진이 학생을 본 지도 대략 1년이 지났네요. 그동안 배도 아프고, 머리도 아프고 해서 큰 병원에 여러 번 가서 검사도 다 했는데 별 이상 없었어요. 그죠?"

"네."

"오늘도 배가 아파서 왔는데 큰 이상은 없어 보여요. 가끔 이런 분들이 있어요. 머리도 자주 아프고, 배도 자주 아픈데, 진찰을 해도 큰 이상이 없고. 마음이 아프면, 이게 배가 아프거나 머리가 아픈 걸로 나타나는 경우가 있거든요. 수진이 학생은 어때요?"

수진이 고개가 숙여지고, 어깨가 더 움츠러든다. 큰 덩치가 한없이 작아 보인다. 원래 말이 적었지만 이번에는 아무 말도 없다. 나는 말을 아끼고, 자판을 두드리던 손을 멈춘다. 나와 수진이, 둘만 있는 방에 시계의 초침 소리만 들린다.

갑자기 수진이 양쪽 어깨가 울음소리와 함께 들썩이고, 수진이가 고개를 든다. 붉게 충혈된 눈에서 눈물이 흘러나온다. 한두 방울로 시작된 눈물은 이제 손을 타고 흘러 콧물과 섞여 바닥으로 떨어진다.

"사실은…… 그게, 엉엉."

눈물 섞인 말은 더 이상 이어지지 못했다. 수진이가 간신히 울음을 멈추었을 때, 나는 조심스럽게 정신과 진료를 권했다. 중학교 때, 정신과 치료를 한 번 받았는데 그게 쉽지 않았다고 했다. 상담 치료도 했으나, 별 효과가 없었다고 했다. 나는 정신과 치료라는 게 한두 번으로 낫는 게 아니라고 천천히 설명했다. 하지만 수진이는 정신과라는 말을 부모님에게 꺼내기 쉽지 않다며 펑펑 울었다. 나는 할 말이 없었다. 진료실에는 열일곱 살, 한 여고생의 울음소리만이 가득 찼다.

범인은 찾았으나, 사건을 해결할 수도, 범인을 체포할 수도 없다. 의사는 셜록 홈스가 마냥 부럽기만 하다.

+++ 뒷이야기 +++　　몇 달이 지나도 수진이는 다시 찾아오지 않는다. 가끔 오지 않는 수진이가 생각난다. 잘 지내고 있는지, 더 이상 머리와 배는 아프지 않은지, 그리고 무엇보다 마음은 괜찮은지.

아이는 배, 엄마는 항구

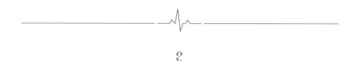

2

초원에 사는 말이나, 사슴 등의 초식동물은 태어난 지 짧게는 30분, 길게는 몇 시간 만에 혼자 힘으로 서서 걷는다. 그리고 태어난 첫날부터 뛴다. 반면에 사람은 엄마 뱃속에서 나온 지 1년이 지나서야 겨우 몇 발짝 걷는다.

아이는 6~8개월 전후로 낯을 가린다. 아이는 낯선 사람을 보면 울기 시작한다. 드디어 자신과 세상을 구분하게 된 것이다. 다만 아직까지 엄마는 자신이고, 자신은 엄마이다.

돌. 아이가 혼자 걷기 시작한다. 좀 더 지나면 몇 미터까지 엄마와 떨어진다. 드디어 엄마의 품을 벗어날 수 있게 된 것이다. 아이는 그제야 자신과 엄마가 분리될 수 있다는 것을 안다. 아이는 엄마 품에서 떨어져 몇 발짝 걷거나 기다 불현듯 세상에 혼자 남겨진 것 같아 뒤를 돌아본다. '아, 엄마가 있다. 다행이다.' 아이는 또다시 앞으로 간다. 불안해진 아이는 다시 뒤를 돌아본다. '역시, 엄마가 있구나.' 여기서부터 엄마에 대한 믿음이 자라난다. '엄마는 항상 나와 함께 있어.'

반대로 이 믿음이 자라나지 못하면, 아이는 엄마가 나를 버리고 떠날까, 세상에 혼자 남겨질까 늘 두렵다. 엄마가 잠시라도 보이지 않으면, 무서워진 아이는 심하게 운다. 분리불안이다. 이런 관계가 지속되면, 아이는 모든 일에 자신감을 잃고, 엄마의 눈치를 본다. 자신감은 물론이고 자존감이 떨어진다.

만 두 살이 되면, 간단하게 두 단어로 된 문장을 말한다. "배 아파." "밥 줘." "맘마 싫어." 만 세 살이 되면 세 단어로 된 문장을 말한다. 두 살 두 단어, 세 살 세 단어. 드디어 미운 다섯 살이 되면, "어린이집 가기 싫어"부터 해서, "안 해, 싫어"를 입에 달고 산다. 게다가 "~해서 싫어"라며 제법 그럴듯한 이유를 댄다. "나는 하지 말라고 하면서 아빠는 왜 핸드폰 해요?"라고 타당한 논리를 내세운다. '끙. 말이나 못하면 밉지는 않지.'

만 세 살이 넘고 병원에 자주 온 아이라면, 문을 열고 들어오자마자 시키지 않아도 혼자 의자에 와서 앉는다. 내가 청진기를 귀에 꽂으면, 말도 안 했는데 밤톨만 한 두 손으로 티셔츠를 올려 배를 쏙 내민다. 내가 설압자를 들면, "아" 하고 입을 벌린다. 오른쪽 귀를 이경으로 보고 나면, 스스로 고개를 돌려 왼쪽 귀를 보여준다. 기특한 녀석들. 제법이다.

아이가 만으로 네 살이 넘어가면 진료는 더욱 편해진다. 단 주사 맞을 때만 빼고. 이 나이에는 인지가 발달하여 원인과 결과를 추론할 수 있다. 미래도 상상한다. 다 좋은데 주사라는 소리만 들으면 미리 겁을 먹고 울고불고 난리 난다.

초등학생이 되면 "언제부터 아팠어요?" 그러면, "어제요", "오늘요", "점심 먹기 전에요" 정도 말하고, 초등학교 고학년이 되면 "어떻게 아팠어요?" 하면, "누가 찌르는 것 같았어요", "누르는 것 같았어요"까지 대답할 수 있어, 보호자가 없어도 진료를 보는 데 지장이 없다.

중고등학생이 되면 거짓말에 연기까지 한다. 병원에서 진료확인서만 받으면, 지각이나 결석을 해도 학교에서 넘어간다. 지각하면 아예 학교가 아니라 병원으로 출석한다. 잔머리가는다. 고등학생인 경우 많이 아프면 대개는 보호자와 함께 오고, 꾀병이면 99% 혼자 온다. 아이들은 그렇게 정서적으로 부모로부터 독립을 한다. 하루 종일 엄마 품에 안겨 젖만 찾고 울거나 웃기만 했던 아이가 혼자 병원에 와서 거짓말을 할 정도로 성장한다.

흔히 말하는 사춘기는 '중2병', '질풍노도의 시기', '2차 성징' 등으로 표현되는데, 정신적 독립을 시작하는 시기이다. 어떻게 보면 부모에게서 벗어나 자신만의 세계, 가치관을 만들어내는 '혁명의 시기'다. 투쟁과 갈등이 없는 혁명은 없다. 사춘기를 겪는 자식과 부모의 관계를 진료실에서 본 바를 바탕으로, 그 어떤 학설과 상관없이 내 마음대로 분류해봤다.

1) 아이 〈 엄마(의존 또는 지배 관계)

중학교 3학년 서영이는 엄마와 함께 진료실에 들어왔다. 일대일 가르마에, 어깨 너머까지 머리가 내려왔다. 쌍꺼풀은 없으나 웃으면 초승달 같은 눈이 예뻤다. 같이 들어온 사람이 엄마라는 것을 말하지 않아도 알 수 있었다. 빼다 박은 얼굴에다가 마른 체형까지 닮았다.

"서영이, 오늘 어디가 아파서 왔어요?"라고 묻자, 서영이는 쑥스러운 듯 내 눈길을 피하고 엄마를 쳐다보며 웃는다. 그러자 서영이 옆에 서 있던 엄마가 대답하기 시작한다.

"우리 서영이가 3일 전부터 기침을 하는데, 목이 아프대요. 특히 밤에 심해요. 코는 안 나오는 것 같은데, 약국에서 감기약을 먹었는데도 낫지를 않아 병원에 왔어요."

나는 딸 대신 열심히 딸의 증상을 설명하는 엄마를 잠시 쳐다보고는 서영이를 바라보며 다시 묻는다.

"서영이가 다시 말해볼까? 어디가 아파요?"

그제야, 엄마만 바라보고 있던 서영이가 나를 쳐다보며 조심스럽게 입을 연다.

"저……."

자신감 없는 목소리로 꽤나 뜸을 들이며, 말을 하면서도 의사인 내가 아니라 엄마를 쳐다본다.

외래를 방문하는 청소년들 중에 가장 흔한 경우다. 흔히 말하는 마마보이, 마마걸. 아이는 아직도 엄마 품을 벗어나지 못했고, 엄마가 아이를 대신해 모든 것을 해준다. "이제 충분히 스스로 말할 나이인데 직접 말해볼까?"라고 말을 시켜도 쑥스러워한다. 심지어 내가 아니라 엄마를 보면서 자신의 증상을 말한다. 잘 먹어서 아이의 몸은 이미 엄마보다 크지만, 정신은 여전히 아이일 뿐이다.

겉으로 보기에는 비슷해 보일지 몰라도 두호는 정반대 경우이다. 진료실 문을 열고 들어온 열일곱 살, 고2인 두호는 키가 180이 넘게 크면서도 얼굴이 작고 눈이 커서 미남형이다. 다만 왠지 얼굴이 어둡게 느껴졌다. 그에 반해, 두호 뒤에 따라 들어온 50대 초반으로 보이는 엄마는 키는 작지만 얼굴은 아들 두 배만 하고, 얼굴에 기가 넘치다 못해 밖으로 뿜어져 나왔다.

"두호 학생, 어디가 불편해서 왔나요?"

내 질문이 채 끝나기도 전에 엄마가 대답한다.

"우리 애가요, 며칠 전부터 배가 아프다더니, 오늘 아침부터 뭘 먹지도 못하고, 학교도 못 가겠대요. 약도 약인데 영양제 좀 맞으려고요. 시험이 얼마 안 남았는데 애가 이래 가지고 좋은 대학 가겠어요?"

높은 톤의 목소리에 촘촘하게 가시가 돋아 있다. 말을 하는 동안 엄마는 부풀어 오르는 풍선처럼 커지고, 고개를 숙이고 앉은 두호는 바람 빠지는 풍선같이 작아진다. 두호는 결국 엄마 말이 끝날 때까지 얼굴 한 번 들지 못한다.

"그래, 두호야 침대에 한번 누워보자."

180이 넘는 키에 비해, 몸무게는 70kg 정도 될까, 꽤 마른 편이다. 청진을 해도, 촉진을 해도, 특별한 건 없다.

"밥 먹으면 어때요?"

이번에도 내 말이 무섭게, 엄마가 달려든다.

"밥을 먹으면 배 아프다고 먹지도 않고, 기껏 죽도 끓여줬는데 몇 숟가락 뜨지도 않아요."

"잠은 잘 자요?"

"밤에 잠은 안 자고, 허구한 날 컴퓨터에 핸드폰에. 선생님이 컴퓨터 게임 하지 말라고 좀 말해주세요. 지금이 얼마나 중요한 시기인데, 공부를 해도 시원찮을 땐데."

아주머니의 말에 내 양쪽 관자놀이가 지끈거린다. 전형적인 긴장형 두통이다. 오늘 처음 본 나도 이런데, 17년 넘는 삶을 저런 엄마 밑에서 자란 두호는 어떠했을까. 저런 어머니 밑에서 밥을 먹는데, 소화가 제대로 되고 살이 붙을 리 없다. 그런 두호가 안타깝다.

모든 부모는 자식이 잘되기를 바란다. 하지만 그 방법이 항상 옳은 건 아니다.

"정현이 학생, 들어오세요."

하루는 만 15세, 남자, 김정현을 불렀는데, 웬 40대 아줌마가 들어왔다.

"정현이 엄마인데요, 정현이가 아파서 학교를 못 갔어요. 진료확인서를 떼러 왔어요."

"보호자분, 정현이가 초진이라 본인이 직접 와서 진료를 봐야 하고, 본인이 오지 않으면 진료확인서를 뗄 수 없습니다."

"아니, 애가 아파서 병원에 오기도 힘들다는데, 왜 안 써줘요?"

보호자의 목소리가 높아진다. 내 마음속 분노가 커진다.

'참아야 한다. 참아야 한다. 참아야 한다.'

어금니를 한 번 깨문다. 이성에는 감정으로, 감정에는 이성으로.

"초진인 경우, 환자를 보지 않고 진료를 하면 의료법 위반입니다."

"안 되면, 진료확인서라도."

법 위반이라는 말에 보호자 목소리가 낮아진다. 의사는 어떠한 경우도 화를 내면 안 된다고 배웠지만, 나 또한 인간인지라 이럴 때는 화가 난다.

"아니, 진료를 안 봤는데 무슨 진료확인서예요. 안 됩니다."

1년에 몇 번 이런 보호자가 온다. 처음에는 분노가 치밀어 오르고, 그 분노가 타고 남은 자리에는 안타까움이 재처럼 남는다.

2) 아이 〉 엄마(역전 관계)

이름이 호명되자, 문 밖에서 달려오는 발걸음 소리가 요란하다. 진료실 문이 활짝 열리고, 만 여섯 살의 정민이는 의자에 점프하여 앉는다. 활발한 정민이와는 반대로 엄마는 소리 없이 조용히 뒤따라 들어온다.

정민이는 바가지 머리가 동그란 얼굴에 잘 어울렸다. 영락없는 장난꾸러기. 웃고 있는 눈에서도 장난기가 다분하다.

"제가요, 병원에 왜 왔냐면요, 어젯밤부터 잘 때 콜록콜록 기침을 하고요, 또 콧물이 흐르고요, 근데요, 자다가 많이 깼고요, 그런데요 선생님, 있잖아요, 학교에서 제 친구도 그래요. 그래도 기침을 할 때 혹시나 몰라서 입을 가리고 해요. 근데 왜 선생님은 머리가 없어요?"

내가 묻기도 전에 아이는 쉬지 않고 말을 한다.

"정민아, 선생님한테 그런 말 하면 못써. 죄송해요, 선생님. 아이가 아직 어려서요."

어머니가 당황해하며, 아이를 대신해 사죄를 한다.

"선생님은 머리가 좀 아프단다."

여유롭게 웃음을 짓는다. 머리가 나를 떠나기 전에 내가 미리 머리에게 이별을 고한 후, 사람들에게 천 번은 들은 말이다.

"저 한번 만져봐도 돼요?"

"그러면 못써. 선생님 죄송해요."

어머니는 머리를 들지 못하고, 연신 굽실거린다.

"자, 아픈 건 선생님이 아니고, 정민이가 아픈 거니까, 이제 선생님이 질문할게. 기침은 하루 중에 언제 많이 해?"

"어, 가끔 하는데, 아침에도 많이 하고, 유치원에서도 많이 하고, 잘 때도 많이 하고, 또 물 먹을 때도 하고, 어, 근데 선생님 저 주사는 안 맞아도 되죠?"

아이 말을 듣고 있는 내가 다 정신이 없다. 최근 언론의 영향인지, 사람들의 관심이 많이 증가해서 그런지, 주의력 결핍 과잉행동 장애가 늘었지만, 정민이는 정상으로 보였다. 버릇이 없다고 볼 수도 있고, 한편으로는 활발하다고 볼 수도 있다. 보호자의 힘없는 목소리나 자신감 없는 태도를 볼 때, 엄마가 아이를 컨트롤하지 못한다는 생각이 든다.

안타깝게도 초등학교에 들어가면, 학년과 반비례하여 아이들은 말이 줄어든다. 내 앞에서 쉬지 않고 말을 늘어놓는 정민이도, 몇 년만 지나면 묻는 말에만 겨우 대답할 것이다. 그때부터 슬프게도 10대 사망률 1위가 교통사고에서 자살로 바뀐다.

3) 아이······ ······엄마(소원, 단절 관계)

아이들은 다 예뻐 보이지만, 갓 태어난 신생아도 서로 다르게 생겼을 뿐만 아니라, 독특한 울음소리를 가지고 있다. 예슬이는 잠 올 때 심하게 보채고, 수혁이는 조금이라도 쉬를 하면 병원이 떠나가도록 운다. 만 두 살만 넘어가면, 얼굴이 제법 자리를 잡는다.

"하은이는 참 예쁘네요. 앞으로 사랑을 많이 받겠어요."(진짜로 예쁘다는 말이다.)

"우와, 예준이 정말 잘생겼다. 나중에 영화배우 해도 되겠다."(정말 잘생겼다는 말이다.)

"아이고, 한수는 장군감이네요." (아이가 나이에 비해 크다는 말이다.)

"……" (음…… 뭐라고 말해야 하나, 참 착하게 생겼어요?)

나이 여섯 살이 넘으면, 아이들도 자기가 예쁜지 안 예쁜지 다 안다.

열한 살 지영이는 예뻤다. 또래에 비해 약간 키가 크고 날씬한 데다, V라인의 하얀 얼굴이 잘 어울렸다. 덕지덕지 바른 하얀 분과 짙은 립스틱이 안 한 것만 못했지만, 그걸 알기에는 아직 어린 나이였다.

지영이를 따라서 엄마로 생각되는 보호자가 들어왔다. 지영이보다 키는 더 크고 더 말랐다. 지영이가 엄마를 닮아서 그런지 미인이었다. 30대 초반으로 보이긴 하지만 딸이 열한 살이니까, 엄마는 30대 후반에서 40대 초반일 것이다. 지영이 엄마는 손톱에 번쩍이는 스티커를 붙인 손으로 핸드폰을 들고서 시선은 핸드폰에 고정되어 있다.

"지영이 학생, 어디가 불편해서 왔어요?"

"아, 감기 같아요."

엄마는 진료실 벽에 서서, 나도 쳐다보지 않고, 딸도 쳐다보지 않고, 오로지 핸드폰만 쳐다본다. 높은 굽의 번쩍이는 흰색 구두로 안 그래도 큰 키가 더 커 보였다.

"그래요, 언제부터 그랬어요?"

"한 3일요."

"증상을 자세히 말해볼까요?"

지영이와 내가 말을 주고받는 동안, 엄마는 가끔 엄지손가락으로 핸드폰 화면을 넘길 뿐이다. 대개는 딸을 걱정스러운 눈빛으로 쳐다보거나, 의사 말을 하나라도 놓칠까 봐 귀를 쫑긋 세우고 듣는데, 지영이 엄마는 아무 관심이 없다.

"그래요, 단순 감기니까 약 먹고 증상 좋아지면 끝이고, 남아 있으면 다시 오세요."

"네, 감사합니다."

지영이가 일어서서 문을 나가고 나서야, 지영이 어머니는 아무도 없는 곳에 고개를 끄덕이며, "안녕히 계세요" 인사를 한다. 시선과 마음은 딸도 의사도 아닌 핸드폰에 둔 채.

편의점만큼 널리고 널린 게 병원이고, 발에 치이는 게 의사다. 의사는 사람들에게 존경과 감사 따위는 바라지도 않는다. 원장들은 자신의 병원을 '점빵'이라 부르고, 스스로를 '자영업자'라고 생각한다. 월급 받고 일하는 의사는 직업란에 '의료업'이 아니라 '회사원'으로 체크한다.

지영이와 엄마가 나가고, 진료실에 혼자 남은 의사는 자괴감 가득한 마음을, 괜히 마우스 좌측 버튼을 계속 클릭하며 달래려 하지만 효과가 없다. 몇 분을 멍하게 있다가 '띠링' 새 환자가 접수되는 소리에 정신을 차린다. 지영이 엄마가 핸드폰 대신 딸인 지영이를 바라보기를 기도하며 다음 환자를 클릭한다.

4) 아이 ≈≈ 엄마(협력자 관계)

열세 살 서연이가 진료실로 들어왔다.

"안녕하세요?"

동그란 얼굴에, 동그란 안경, 그리고 웃고 있는 얼굴. 저절로 기분이 좋아졌다. 서연이 뒤로 엄마가 따라 들어왔다. 서연이의 밝은 표정이 엄마를 닮았다.

"안녕하세요? 어디가 불편해서 왔어요?"

"감기 걸렸어요."

"언제부터 그래요?"

"금요일부터요."

"아니지, 엄마, 우리가 이모 집 갔을 때니까 토요일이지."

"아, 맞다."

"그래요, 감기 증상을 말해볼까요?"

"기침하고, 가래가 끓어요."

"너, 콧물도 나잖아."

"아, 맞아요. 콧물도 나요."

"밤에는 어때요?"

"얘가 자면서 기침을 해요."

"진짜? 기침 많이 했어?"

"많지는 않은데 조금씩 해요."

"몸 아픈 건 없나요?"

"네, 괜찮아요."

"먹는 건요?"

"잘 먹어요."

이야기를 듣고 있으면, 둘은 모녀라기보다 친한 친구 같다. 서로 주거니 받거니 하면서, 퍼즐을 짜 맞추듯 이야기를 완성시킨다.

"현재 먹고 있는 약, 앓고 있는 질환, 약에 대한 부작용, 수술

53

하거나 입원한 적 없나요?"

"없어요."

"아냐, 너 기억 못 하겠지만, 어렸을 때 모세기관지염으로 몇 번 입원했어."

"아, 진짜? 엄마 고생 많이 했겠네."

다정한 모녀 모습에 의사 얼굴에 미소가 떠오른다.

5) 아이 ↔ 엄마(갈등, 대립 관계)

열다섯 살 아름이가 진료실에 엄마와 같이 들어왔다. 중학교 2학년, 속된 말로 중2병을 앓는 시기다. 아름이를 보면 엄마가 보이고, 엄마를 보면 아름이가 보인다. 엄마의 과거는 아름이고, 아름이의 미래는 엄마다.

둘 다, 매일 거리에서 마주쳐도 기억나지 않을 평범한 얼굴이다. 쌍꺼풀이 없는 작은 눈에, 피부는 희지도 검지도 않다. 타원형에 보통 얼굴. 30년 전에는 엄마 얼굴이 아름이처럼 생겼을 거고, 30년 후에는 아름이 얼굴이 엄마 얼굴이 될 예정이다.

아름이는 의자에 앉자마자 나를 쳐다보지 않고, 그렇다고 엄마를 쳐다보지도 않고, 고개를 숙인다. 흐린 눈빛은 눈을 뜨고 있지만, 무엇도 보고 있지 않다.

"어디가 아파서 왔나요?"

아름이는 내 말에 어깨를 잠깐 들썩일 뿐, 고개를 들지도 않고, 말도 없다. 엄마는 팔짱 낀 손에 힘을 더 준다. 방 안에 팽팽한 긴장이 감돈다. 그 침묵을 깬 건 엄마다.

"선생님이 묻잖아? 어른이 물었으면 대답을 해야지."

"아, 몰라."

아름이의 목소리에 짜증이 묻어 있다.

"네가 아프지, 내가 아프냐? 네가 모르면 누가 알아."

"괜찮다고 했잖아."

"괜찮기는 뭐가 괜찮아, 어제 머리 아프다고 학원도 안 갔으면서."

"그때는 그랬고, 지금은 괜찮다고."

"나중에 아프면 어쩌려고. 어?"

"내가 알아서 할게."

"네가 뭘 알아서 해. 제대로 할 줄 아는 거 하나 없으면서."

"그러는 엄마는."

주먹만 오고 가지 않았을 뿐, 말로 서로를 치고받는다. 아름이도, 엄마도, 그리고 옆에서 듣고 있던 나도 마음에 보이지 않는 멍이 든다. 눈앞에서 싸우고 있는 모녀를 보니, 10년도 더 된 모자가 떠오른다.

의대생으로 병동 실습을 나갔다. 아침 7시부터 저녁 6시까지, 대학병원 형광등의 생기 잃은 빛 아래, 나는 희다 못해 시린 하얀 가운을 입고 있었다. 아무리 들어도 이게 정상 호흡음인지, 이상 호흡음인지 구별도 못 하지만, 내 목에는 자신의 이름만은 반듯이 적힌 10만 원짜리 리트만 청진기가 걸려 있었다. 잘 쓰지도 않는 라이트와 신경 망치, 각종 형광펜과 볼펜 그리고 작은 가위까지, 축 늘어난 가운 왼쪽 가슴 포켓에 빽빽이 꽂혀 있었다. 가운 아래쪽 호주머니에는 잘 들어가지도 않는 내과 매뉴얼을 간신히 끼운 채, 나는 엄마 오리를 따라다니는 새끼 오리처럼 교수님 뒤를 열심히 쫓아다녔다. 아무것도 하지 않아서 그런지, 무기력과 피로감에 쩐 채.

"75세 김범수 씨, 말기 폐암으로 입원 4일째, 항암요법 3일째 발생한 중성구 감소증으로 항생제는 세페핌(항생제의 일종) 들어가고 있으며, 뉴트로젠(백혈구 수치를 올리는 약) 투여 이후, 중성구 수 200에서 500으로 증가 상태입니다."

주치의인 내과 레지던트 한성렬 선생님이 영어와 한글을 섞어가며 환자 상태를 교수님 앞에서 설명하고 있었지만, 나를 포함해 같은 실습 조원 모두는 이 시간이 빨리 지나가기만을 기다렸다. 무슨 말인지 도통 알 수 없었기에.

환자가 무슨 질환을 앓고 있고, 어떤 치료를 받는지 조금이라도 알려고 펼친 A4용지 수십 장짜리 환자 차트는 의대생에게는 또 다른 좌절이었다. 수많은 약자들은 그래도 사정이 나았다. 시간이 걸리긴 하지만 인터넷과 의학용어 해설집으로 풀어낼 수 있었다. 가장 힘든 건 갈겨쓴 글씨였다. 종이 차트다 보니, 몇몇 교수님의 글자는 제2차 세계대전 당시 독일군의 암호인 에니그마를 해독한 영국 정보부조차 두 손 두 발을 들 정도였다.

지금이나 그때나 잘생기기보다는 못생긴 쪽에 가까운 나는 성격도 사근사근하지 못해, 최대한 불쌍한 표정을 짓고 있어야, 간호사 선생님의 짜증 섞인 설명을 그것도 간신히 들을 수 있었다.

글자뿐만 아니었다. 수십 개의 피 검사 결과와 수백 장이 넘는 CT, 그리고 처음 들어보는 약물에 나는 울컥했다. 약을 배울 때는 성분명으로 배우지만, 실제 임상에서는 상품명을 쓴

다. 흔하게 쓰는 혈압약 중 하나는 성분이 amlodipine인데, 상품명은 국제 암로디핀, 노바스크, 암로핀, 암로딘, 수십 개 상품의 이름이 있다.

병동 실습을 나가면서 이대로 의사가 될 수 있을까 하는 불안이 커져갔다. 약 이름 하나 제대로 모르고, 환자 차트 하나 읽을 줄 모르는데 의사가 되어도 괜찮은지, 이대로 시간만 지나면 정말로 의사가 되는지 미래에 대한 걱정이 태산 같았다.

의대생에게 교수님과 함께하는 '회진'은 '그림자놀이'였다. 의대생인 우리에게 맡겨진 가장 중요한 일은 회진 도는 교수님과 레지던트 선생님의 동선을 방해하지 않는 것이었다. 외래 참관을 하면서는 괜히 딸깍딸깍 볼펜 소리 내지 말고, 쓸데없는 질문 하지 말고, 또 졸지 말아야 했다. 그냥 '벽'이 되어야 했다. '그림자'와 '벽' 사이에서 우리는 방황하고 있었다. 그나마 나에게 위안을 주는 건 나만 그런 게 아니라는 사실이었다. 같은 조 동기들도 술을 먹으며 비슷한 고민을 털어놓았다.

그날은 호흡기 내과 외래를 참관하고 있었다. "잘 지내시죠?"로 시작하여, "먹던 약 그대로 드릴게요"로 끝나는 1분 진료가 이어졌다. 대기 환자가 밀려 있는 교수님은 환자를 보기보다 컴퓨터를 보는 시간이 더 많았다. 환자는 방으로 들어와 의자에 앉기 무섭게 다시 일어났다. 나는 방금 들어왔다 나간 환자가 어떤 질환을 앓고, 어떤 치료를 받고 있으며, 앞으로 어떻게 될 건지 그 어떤 것도 알 수 없었다. 수술실에서도, 회진을 돌 때도, 진료실에서도 나는 벽이 되어야 했다.

내 몸이 반쯤 벽으로 굳어질 무렵이었다. 회진 때 보았던, 입원 환자인 아주머니가 진료실 문을 열고 들어왔다. 40대 후반, 박영숙 씨였다. 입원 환자 대부분이 70~80대였는데, 그분은 40대여서 기억이 났다. 진단명은 말기 폐암이었다.

성기고 가는 반백발이 위태롭게 머리에 간신히 매달려 있었다. 뭔가 닿기라도 하면, 늦가을 낙엽처럼 우수수 떨어져 나갈 듯했다. 게다가 양쪽 볼에는 살이라고는 남아 있지 않아, 광대뼈가 두드러졌다. 비쩍 말라버린 얼굴은 누가 봐도 심각하게 아픈, 의학적으로 말하면 심한 전신 쇠약을 뜻하는 카켁시아였다. 굳이 의대생이나 의사가 아니라도 살날이 얼마 남지 않았다는 것을 알 수 있을 정도였다.

얼굴뿐만 아니라, 팔과 다리도 뼈밖에 남지 않아서 그런지, 크지도 않은 환자복이 펄럭거렸다. 그런 박영숙 씨를 따라서, 그녀보다 머리 하나는 더 크고, 100kg은 되고도 남을 20대 초반 남학생이 들어왔다. 엄마의 여윈 얼굴과는 정반대로, 잘 먹어서 얼굴에 기름기가 번지르르했다. 쌍꺼풀도 없는 왜소한 눈은 살에 밀려 더 작아 보였고, 큰 얼굴은 더 커 보였다. 턱에는 살집이 깊은 주름을 잡고 있었다. 가장 작은 환자복마저 엄마에게는 커서 펄렁거렸고, XXL 크기 맨투맨 티셔츠는 아들에게 작아서 꽉 끼었다. 건강한 아들은 의자에 앉고, 아픈 엄마는 아들 옆에 섰다.

"우리 아들이 며칠째……."

말을 할 때마다 바람 빠진 풍선 소리가 났다. 듣기조차 편치 않다.

"기침을 해서…… 마침 병원 온 김에……."

그 몇 마디도 힘들었는지, 잔뜩 쉰 목소리는 이어지지 못하고 계속해서 끊겼다. 한 문장도 다 끝내지 못했지만, 어머니는 숨이 차고 식은땀이 흘렀다.

"아프면 안 되니까……."

"(콜록콜록) 선생님께 진찰을……."

어머니는 도저히 안 되겠는지 말을 잠시 그치고는 기침과 함께 숨을 몇 번 크게 몰아쉬었다. 엑스레이상 양쪽 폐에 함박눈처럼 쏟아진 폐암 덩어리들이 박영숙 씨가 말하는 것조차

가만두지 않았다.

"받아보려고…… 하, 왔어요."

겨우 한 문장을 쏟아내고는 가쁜 숨을 내뱉었다. 옆에서 바라보는 나조차 숨이 가빠왔다. 그렇게 몇 번이나 쉬면서 엄마가 힘들여 가까스로 말하는 동안, 다 큰 아들은 뭐가 마음에 안 드는지 잔뜩 찡그린 표정으로 아무 말도 하지 않고, 의자에 앉은 채 자기 발밑만 쳐다보았다.

"언제부터 그랬어요?"

"한 열흘……은……된 것 같아요."

침묵을 지키는 아들 대신, 땀을 비 오듯 흘리는 어머니가 대답을 했다. 나도 모르게 두 손을 꽉 쥐었다. 화가 났다. 하지만 자신의 아들을 바라보는 엄마의 눈빛은 안타까움, 걱정이 가득했다.

'우리 아들 혹시나 큰 병은 아니겠지.' '이제 곧 엄마도 없는데 아프면 안 되는데.' '내가 아파서 밥도 제대로 못 챙겨주고. 밥은 잘 챙겨 먹고 다니는지.' '혹시나 이 몹쓸 병이 너한테 유전이라도 되면 안 되는데. 나만 다 아프고 말아야 하는데.'

다른 암과는 다르게 폐암 환자는 암세포로 가득 찬 폐로 숨을 쉬어야 하기에, 암 자체로 인한 통증뿐만 아니라, 죽는 순간까지 숨이 차는 괴로움을 겪는다. 박영숙 씨도 그 고통을 피해 갈 수 없었다. 게다가 마지막 눈을 감으면서도 혹시나 자기 아들도 나이가 들면 자신처럼 폐암이라도 걸릴까 걱정과 미안함 속에서 편히 눈감지 못할 것이다. 그것이 엄마니까.

벽인 나는 아무 소리를 내면 안 되기에 이를 꽉 깨물었다.

이 땅의 부모와 자식이 모두 좋은 관계이기를…… 돌아가신 박영숙 씨를 추모하며…….

+++ 뒷이야기 +++ 「남자는 배, 여자는 항구」라는 노래도 있지만, '아이는 배, 엄마는 항구'이다. '엄마'라는 항구가 있어야 '아이'라는 배는 마음 놓고, 저 먼 바다로 나갈 수 있다. 언제나 다시 돌아올 수 있기에. 나를 기다리는 항구가 있기에.

항구에 대기하면서 선체 바닥에 붙어 속도를 더디게 하는 따개비도 제거하고, 생수와 각종 음식과 물품을 준비해야만 배는 더 멀리 갈 수 있다. 항구에서 제대로 준비를 하지 못하면, 물 혹은 식량이 떨어질까 봐, 기름이 부족할까 봐, 배는 항상 해안가가 보이는 연안을 벗어날 수가 없다.

처음부터 항구가 없으면 떠날 수 없고, 설령 어떻게 떠났다고 하더라도 곧 조난을 당하거나, 아니면 배가 좌초될 위험에 처한다. 그렇다고 항구가 너무 포근하면 선원들은 바다를 잊고 떠나지 않는다. 떠나지 못한 선체는 각종 해초와 조개가 밑바닥에 붙고, 녹이 슬고, 나중에 항해를 하더라도 제 속도를 낼 수 없다. 항구는 편안한 휴식을 제공하는 동시에 배가 저 먼 바다를 꿈꾸며 도전할 수 있도록 적당히 불편해야 한다.

인간에게 영원한 고향은 엄마다.

아이가 아닌 아이

3

갓 태어난 아이는 엄마 품조차 넓어 포대기에 둘둘 싸인 채 부모의 가슴에 안겨 진료실로 들어온다. 한 달 즈음 되면, 부모와 눈이 마주친 아이가 방긋 웃기 시작한다. 의학적 용어로 소셜 스마일, 사회적 미소라고 한다. 아무도 아이가 왜 웃는지는 모른다. 그건 미소 짓는 아이도 잘 모를 것이다. 자신을 바라보는 사람에게 친밀감을 형성해, 생존율을 높이려는 방법이라고 추측할 뿐이다.

나는 모방이라고 생각한다. 사람들은 모두 아이를 보며 웃는다. 아이는 사람들의 미소를 보고 그저 자신도 따라 하는 게 아닐까. 웃다 보면 기분이 좋아지고, 아이는 세상이 따뜻하며 살 만한 곳이라고 여긴다. 증명할 수 없는 나 혼자만의 가설이다.

처음에 아이는 고개를 겨눌 힘조차 부족하여 머리를 들지 못한다. 조금 지나 목에 힘이 생기면 고개를 들고 또 돌린다. 그때 즈음이다. 내가 아이를 가까이서 쳐다보면 아이도 신기한 듯 나를 본다. 내가 움직이면 아이의 눈이 나를 쫓아온다. 하지만 아직 세상과 자신을 구분하지 못한다. 아이는 세상이고, 세상이 아이다. 의사 선생님도 나이고, 나도 의사 선생님이다. 자아, 타자, 세상, 이 모두가 하나이다.

4개월부터 시작해서 대개 8~9개월 즈음 되면 아이는 낯을 가린다. 타자, 즉 세상을 인지한다. 모두가 하나였던 세상은 이제 자아와 타자로 분리된다. 다만 아직까지 엄마는 나이고, 나는 엄마이다. 아름다웠던 세상이 무섭고 두려운 곳으로 돌변한다.

이때부터 엄마 품에 안긴 아이는 의사 선생님 얼굴을 보는 순간 얼굴을 찡그리고 울기 시작한다. 진찰을 해야 하는 의사 입장에서는 여간 힘든 게 아니다. 그래도 낯가림을 한다는 것은 아이의 발달이 정상이라는 이야기이다. 익숙함과 낯섦, 내

부와 외부, 자아와 타자를 구분한다는 뜻이니까.

그렇게 열심히 울다가, 15~18개월을 넘어가면서 아이는 어렴풋이 기억을 한다. 마지막으로 병원에 왔을 때 주사라도 맞았다면, 아이는 다음에 진료실에 들어서자마자 운다. 정확히는 아니지만, 좋지 않았던 기억이 머릿속에 남아서이다. 어떤 아이들은 엘리베이터 문이 열리고 병원 문만 보고도 운다. 이런 똑똑한 녀석.

만 두 살이 지나면 아예 자신의 의사를 두 단어로 된 문장으로 표현한다. "주사 싫어. 주사 싫어." 아이들이 병원에 오면 언제나 최대의 걱정거리는 주사다. 부모님은 예나 지금이나 "너, 계속 이러면 의사 선생님한테 주사 놔달라고 할 거야. 의사 선생님, 우리 수정이 말 잘 듣는 주사 좀 주세요"라고 아이를 협박한다. "코 싫어, 코 싫어." 말뿐 아니라 팔과 손가락의 움직임도 정확해서 몇몇 아이들은 석션 줄을 잡아당기기까지 한다. 의사 입장에서는 아이를 진찰하는 게 더 힘들어진다.

만 세 살이 넘어서면 그래도 조금 편해진다. 15개월을 끝으로 독감 이외에는 만 네 살까지 예방 접종이 없다. 아이는 천천히 주사에 대한 공포를 잊어간다. 아이는 사람 말도 곧잘 알아듣고, 엄마, 아빠 말을 잘 따른다.

이 나이부터 겁이 많은 경우와 심하게 아픈 경우를 제외하고 아이들에게 진료실은 놀이터가 된다. 문을 열고 들어와 주위를 두리번거린다. 그러다 책장에 있는 '뽀로로와 친구들'을 발견하면, "와, 뽀로로다"를 외치며 달려간다. 역시 뽀로로 대통령이다. 몇 번 와본 아이들은 진료실로 들어서자마자 의사인 나는 아예 쳐다보지 않고, 뽀로로가 있는 곳으로 먼저 달려간다. 기억력이 좋군.

장난꾸러기 준서는 신발을 신은 채로 침대에 올라가서 뛴다. 이미 진료실이 익숙한 지후는 환자용 의자에 배를 대고, ㄷ자로 팔과 다리를 땅으로 늘어뜨린 다음, 의자 위에서 회전목마 타듯 빙빙 돈다. 창가로 달려가 블라인드를 잡아당기는 서준이도 있고, 하은이는 항상 내 책상 위에 있는 체온계를 들고서 자기 귀에 꽂는다. 나를 보고, "와, 대머리다"라는 아이도 있고, 조금 큰 아이들은 "선생님은 왜 머리가 없어요?"라며 묻는다. 심지어는 내 머리를 만지려고 손을 뻗는 아이도 있다. '신이시여, 이 어린아이들을 용서하여 주시옵소서. 아무것도 모르는 순진한 아이들이랍니다.'

앞에서도 말했지만, 심하게 아프거나, 내향적인 경우를 제외하고 아이들은 가만히 앉아 있지 못한다. 진찰 중에도 "이건 뭐예요, 저건 뭐예요, 저건 왜 그래요?"라고 끊임없이 묻거나, 앉은 채 의자를 빙빙 돌린다. 부모님이 "상원아, 가만히 있어. 선생님, 아이가 좀 별나서요"라며 미안해하시면 "허허, 아이들이 다 그렇지요"라며 나는 사람 좋은 웃음을 짓는다.

진료실에 남자 세 쌍둥이가 들어오면 진료실은 그야말로 전쟁터가 된다. 우진이는 침대로, 현우는 책장으로, 건우는 창가로 돌격 앞으로. 책장으로 간 현우는 이미 손과 가슴으로 뽀로로, 크롱, 포비를 들고, 침대로 달려간 우진이는 이미 신발을 신고 침대 위에 올라가서 뛰며 "와, 신난다" 외치고 있다. 창가로 달려간 건우는 블라인드 줄을 사정없이 당기고 있다. 나의 넓은 이마에 주름이 간다.

어머니는 "얘들아, 정신없다. 조용히 해. 선생님, 죄송해요" 그러는데, 나는 "아이고, 어머니께서 많이 힘드시겠어요"라며 어머니에게 위로를 건넨다. 대개 남자아이들은 열에 여덟아홉은 저렇다. 그게 정상이다. 그렇지 않은 열에 한둘은 심하게 아픈 아이다.

딩동. 딩동.

〈정범. 남. 만 3세 7개월. 영유아 검진 예정(어른들이 건강검

진을 받듯, 아이도 주기적으로 신체 발육 사항 및 정신 발달 사항을 확인한다.)〉

〈김민. 남. 만 3세 10개월. 영유아 검진 예정〉

몇 초 간격으로 대기 환자가 뜬다. 이름이 외자다. 그리 흔하지 않은 이름이다. 그것도 동시에 두 명이나. 정범을 클릭한다. 진료창 밑으로 인적사항이 뜬다, 정범 1307XX - 31XXXXX 피보험자 정범. 어 뭐지? 대개는 피보험자 이름으로 부모님 이름이 뜬다. 아이 자신의 이름이 뜨는 경우는 극히 드물다. 30대 중반의 평범한 남성과 남자아이 두 명이 들어온다. 아이는 서로 닮지 않았고, 같이 온 남성도 아빠는 아닌 듯했다.

"민이는 저쪽 의자에 앉고, 범이는 앞에 의자에 앉아."

남자아이 둘은 아무 말 없이, 주위를 두리번거리지도 않고, 의사인 나를 쳐다보지도 않는다. 다만, 시킨 대로 의자에 앉는다. 아이들이 아이들답지 않게 조용하다. 낯설고 또 어색하다.

정범이는 키 98.2cm(38P), 13.9kg(14P). 키와 체중, 특히 체중이 100명 중에 작은 쪽으로 14등이다. 이 나이 평균이 16kg 정도니, 확실히 작다.

아이를 본다. 나이에 비해 조금 작은 몸에, 약간 어두운 것 같은 피부에, 평범한 작고 동그란 얼굴. 나이에 어울리지 않는 짙은 눈썹이 눈을 더 커 보이게 했다. 코는 약간 낮아서 눈이 더 도드라져 보였다.

"자, 선생님 보세요, 어디 아픈 데 있어요?"

의자에 앉아 미동조차 하지 않는다.

"정범, 선생님이 말을 했으면 대답을 해야지."

같이 들어온, 보호자로 보이는 남자가 말을 하자, 그제야 아이는 입을 연다.

"아니요."

그리고 나를 쳐다본다. 아이 특유의 흥분 없이, 군더더기 하나 없는 절제된 움직임이다. 아이 눈에는 감정이 없다. 나를 바라보기는 하는데, 마치 저 먼 산을 바라보는 것 같다. 긴장하는 것도 아니고 두려워하는 것도 아니다. 이상하다. 자폐나 발달장애, 심각한 기형을 가진 아이를 포함하여 천 명, 만 명이 넘는 아이를 보았지만 이런 아이는 처음이다. 아이 같지 않은 아이, 어른 같은 아이다.

발달 평가에서 대근육과 사회성은 정상이었다. 그림 그리기, 가위질하기 등의 소근육 운동 및 언어는 확실히 느렸다. 요즘은 부모가 아이를 대신해서 옷도 입혀주고 밥도 먹여주기 때문에 자조성은 대체적으로 조금 낮은데, 이 아이는 이상할 정도로 스스로 하는 자조 점수가 24점 만점에 23점으로 다른 점수에 비해 월등히 높았다.

머리에서 발끝까지 진찰을 하는데, 아이는 내가 시키는 대로 자세를 취한다. 아무 말 없이, 불필요한 동작 하나 없다. 군인 아니 로봇 같다. 궁금함을 참지 못한 나는 물어보았다.

"혹시, 관계가 어떻게 되시죠?"

"아, 네, XX 보육원 교사입니다."

아, 아, 그랬구나. 그래서 3세 7개월 아이인데도 불구하고 피보험자가 자기 자신이었구나. 자조가 다른 발달에 비해서 높은 것도, 아이가 아무 말 없는 것도, 선생님 말에 고분고분한 것도, 소근육, 인지가 늦은 것도, 얼굴에 표정이 없는 것도 모두 이해가 되었다. 보통의 아이들이 진료실에 들어오면 보이는 두려움, 호기심, 익살스러움, 분주함, 수다스러움이 정범이에게는 보이지 않았다.

세상에 처음 태어났을 때부터 오로지 자아와 타자 둘만 있는 세상에 홀로 남겨진 아이, 정범과 김민. 갑자기 진료실이 어두워진다.

+++ 뒷이야기 +++   우리나라의 경우 만 18세가 되면, 무조건 보육원을 퇴소하여 자립해야 한다. 매년 천 명이 넘는 아이들이 만 18세가 되어 세상 밖으로 던져진다. 아이들 손에 쥐어지는 것은 100만 원에서 500만 원 남짓한 돈이 전부이다. 그 돈으로는 대학은커녕, 방 한 칸 얻기도 힘들다. 2015년 서울시의 경우 보육원을 나온 아이들이 취업을 하는 경우가 다섯 명 중에 세 명, 그 세 명 중에 두 명은 월 임금 150만 원 이하를 받는다.* 2017년 통계에 따르면 12,448명의 아이들이 아동 양육시설에서 생활하고 있다.**

* 보육원에서 내쫓기는 아이들······ 누구를 위한 사립일싸?, 파이낸셜뉴스 2016년 10월 2일 온라인판, 신지혜 기자
** 3월엔 '울타리' 밖으로······ 보육원생들의 슬픈 성년식, 한국일보 2018년 3월 10일 온라인판, 이진희·박소영·정준호 기자

바닥을 보다

4

환자와 보호자

인간의 바닥을 보는 데에는 경찰서와 병원만 한 곳이 없다. 그곳은 지옥보다 더 지옥 같은 곳이다. 단테가 그 두 곳을 보았다면, 지옥편을 9층이 아니라 11층으로 다시 쓸 것이다.

"의사 나와."

50대 남자 환자가 응급실이 떠나가도록 소리치며 문을 걷

어차고 들어왔다. 큰 목소리에 멀쩡하게 걸어 들어왔으니 중환자일 리 없다. 짤막한 중년 아저씨는 왼손으로 왼쪽 볼을 부여잡고 오른손으로는 삿대질을 하며 있는 힘껏 소리를 지른다. 의사뿐만 아니라, 의식 있는 환자와 보호자의 시선이 모두 응급실 문 앞으로 향한다.

"아, 이빨이야. 씨발. 아파 죽겠어. 어떻게 좀 해봐."

단번에 상황을 파악한 의료진들은 피식 실소를 짓고는 바로 시선을 돌린다. 나오라는 의사는 나오지 않고, 짙푸른 제복에 모자를 깊게 눌러쓴 안전요원이 아저씨를 맞이한다.

"접수하셨어요?"

"아파 죽겠는데, 접수는 무슨 접수야. 의사 나와, 빨리."

"접수하셔야, 치료가 됩니다."

"이렇게 아파 죽겠는데, 접수는 언제 하라고. 당장 어떻게 좀 안 아프게 해줘."

같은 말이 이어지며, 실랑이가 계속된다. 응급실에 있던 의사와 간호사들은 고개를 설레설레 젓는다. 1구역에 누워 있는 뇌지주막하 출혈로 응급 수술을 기다리는 69세 배성수 환자는 한 시간째 말이 없다.

지리산 아래의 조용한 산골 마을, 산청군 의료원에서 당직을 서고 있을 때였다. 밤 6시부터 아침 9시까지, 열다섯 시간 동안 환자는 열 명도 채 오지 않았다. 의자에 앉아 엎드려 자고 있는데, 눈앞에 녹색불이 번쩍였다. 요란한 앰뷸런스 사이렌 소리는 들리지 않았다. 뭐야, 꿈인가.

머리가 심하게 헝클어진 40대 여자가 새벽 5시에 119를 타고 응급실에 울면서 들어왔다.

"어디가 아프세요?"

"그게, 엉엉."

여자분은 말을 잇지 못하고 울기만 했다.

"남편 되는 사람한테 맞다가, 머리를 벽에 부딪혔다고 합니다. 의식은 멀쩡하고, 특이 외상은 없습니다."

환자와 같이 들어온 119 대원이 상황을 설명해줬다.

"예에?"

잠이 덜 깬 난, 먼저 짜증이 났다. 의료진이라고 해봤자 달랑 나 한 명과 계약직 간호사 한 명, 총 두 명이다. 그 외에 인력이라고는 접수 담당 직원 한 명과 앰뷸런스 기사 한 명. 뇌출혈 확인을 위한 CT는커녕, 엑스레이도 안 되는 병원에 머리를 다친 환자를 데려오면 뭐하라고. 아씨.

"아니, 머리 다쳤으면 CT 찍어야 하는데, 진주로 가서야죠. 저희한테 오시면 어차피 진주로 다시 보낼 건데, 여기로 데리고 오시면 어떻게 합니까? 단성이면 여기보다 진주가 더 가깝잖아요?"

"저희 관할구역이 산청이라, 일단 모든 환자는 산청 내로 이송하기로 되어 있습니다. 진주는 저희 구역이 아닙니다."

'당신은 도대체 누굴 위해 있는 거예요?'라고 따지고 싶었지만 참았다.

"아, 알았어요, 알았어요. 어련하시겠어요."

여자 환자는 심하게 어깨를 들썩이며, 말을 잇기 힘들 정도로 울고 있었다. 머리 쪽에 특별한 외상이나 겉으로 출혈은 안 보였다. 신체검사상, 신경학적 이상은 없었다. 새벽이니까 환자를 조금 진정시켰다가 나중에 날 밝으면 CT 찍으러 진주로 보내야겠다고 생각했다.

"아 참, 환자 남편분도 여기로 오기로 했어요."

119 대원은 떠나면서 우리에게 폭탄을 안겨주고 갔다. 정말 일처리 하나 끝내줬다.

"남편이 오면, 큰 병원 가서 검사하라고 말해주세요. 맨날 남편이 저를 때려요. 제가 몇 년째 이렇게 살고 있어요. 제발

76

저 좀 살려주는 셈 치고, 다시는 때리지 않게 심각하게 말 좀 해주세요."

10분이나 지났을까, 50대 초반으로 보이는 남자가 얼굴이 붉어진 채 울면서 응급실로 들어왔다. 심하게 술을 먹었는지, 얼굴이 터질 듯이 붉었다. 그리고 오자마자 아내를 붙잡고 울기 시작했다.

"여보 괜찮아? 괜찮아?"

이걸로 끝이 났으면 이렇게 내가 10년 전에 있었던 일을 쓰고 있을 리가 없다. 아내를 때리고, 울면서 아내를 걱정하던 남편이란 작자는 1분도 안 되어서, 진정하시라고 달래던 간호사에게 "내가 니년을 잡아 죽인다" 하며 달려들었다. 간호사는 병원 밖으로 걸음아 나 살려라 도망가고, 이번에는 그걸 말리던 내 멱살을 잡았다. 그것으로는 부족했는지 아내에게, 그리고 방금 전까지 간호사에게 휘둘렀던 주먹을 나에게 치켜든다. 남자는 자신이 멱살을 잡고 있는 의사가 자기보다 키가 더 크고 젊은 남자라는 것을 본능적으로 깨닫고 위축이 되었는지 내 얼굴로 주먹을 날리지는 못했다.

그때 일을 떠올려보니 응급실에서 멱살 잡혔던 다른 기억이 떠오른다. 사람들은 내 멱살을 잡고, 눈앞의 종이를 던지고, 욕을 하긴 했지만 나에게 직접적으로 위해를 가하진 못했다. 젊은 남자, 하얀 의사 가운, 그리고 스킨헤드가 복합적으로 작용한 결과였을 것이다. 나는 멱살은 몇 번 잡혔지만 직접 맞지는 않았으니 운이 좋은 편이다. 예전에 중환자실에서 한 보호자가 다짜고짜 의사 뺨을 때리는 장면을 목격했다. 드라마에서처럼 '짝' 소리가 났는데 아직도 내 귀에 생생하다.

하루는 응급실로 출근했는데, 사람들이 진료실 책상에 뭔가를 설치하고 있었다. 뭐냐고 물어보니 전날에 술 취한 남자 환자가 식칼을 들고 찾아와서 죽여버리겠다 위협했다고 한다. 앞으로 같은 일이 벌어질까 봐 응급실에 호출벨을 달고 있다고 했다.

"배때기에 칼 꽂히고 경찰 오면 뭐해요. 그냥 바로 쏴버리게 가스총이나 하나 사주지."

정부나 병원이나 탁상행정은 똑같다. 예방은커녕, 해결책이란 게 다 이딴 식이다.

응급실에는 많은 사람들이 온다. 아픈 사람도 있지만, 보험 사기꾼에 알코올 중독자, 마약 중독자, 노숙자에 살인자까지. 자신의 삶을 포기한 사람뿐만 아니라 다른 사람의 삶을 빼앗은 인간들이 온다. 응급실뿐만이 아니다.

병동에서 아들이 뼈만 남은 아버지 앞에서 소리치고 있다.

"아버지, 어떻게 해서든 살려내. 절대 죽으면 안 돼."

고혈압, 당뇨, 심부전에 신부전, 게다가 몇 년 전에 뇌경색으로 이미 몇 년째 누워 있는 89세 심영길 할아버지 보호자였다. 심영길 할아버지는 거동은 고사하고, 치매가 더 심해져 사람도 알아보지 못했다. 산송장이나 다름없었다. 온몸에 세균이 퍼지는 패혈증이 왔고, 몇 번이나 간신히 위기를 넘겨왔지만, 이번에는 장담할 수가 없었다. 아들이라는 보호자도 이미 60이 넘어, 누구를 보호하기보다 보호를 받을 때가 가까워 보였다. 아버지를 사랑하고 아끼는 마음에서 그런 말을 했어도 담당 의사는 자신이 없었다.

심영길 할아버지가 살아 있어야만 200만 원이 넘는 연금이 나오는데, 혹시나 아버지가 죽으면 연금이 안 나올지도 몰라 저런다는 옆 침대의 간병인 말에 의사는 온몸에 힘이 쭉 빠진다. 입원해서 며칠 동안 코빼기도 보이지 않고 있다가, 어느 날 와서는 소리치고 난리 부리는 보호자부터 해서, 누가 돌보니, 누가 모시니, 재산을 어떻게 하니, 마니……

하얗고 깨끗한 병원 벽에는 보이지 않는 귀와 입이 달려 있다. 혼잣말조차 하루만 지나면 병동의 모든 사람들이 다 알게 된다.

그중에서도 최악은 신경외과 중환자실 아닐까. 처음에는 울며불며, 어떻게든 목숨만 살려달라고 하던 보호자는 수술이 잘되어 숨이 이어지자, "고맙다"고 "고맙다"고, 잡은 의사 손을 놓아주지 않는다. 하지만 뇌에 이미 돌이킬 수 없는 손상을 입은 환자는 일주일이 지나도, 이주일이 지나도 눈을 뜨지 못하고 미동조차 하지 않는다. 몸에는 기관삽관, 중심정맥관 등 이미 수십 개의 관들이 꽂혀 있고, 이따금 기계들만이 알람 소리를 울린다. 죽을지도 모른다는 환자를 간신히 살려낸 의사를 신처럼 보았던 보호자 눈빛이, 시간이 지나면 지날수록 조금씩 바뀌어간다.

그러던 어느 날, 살려줘서 고맙다고 울었던 보호자는 "저렇게 일어나지도, 눈도 뜨지 못할 사람, 왜 살려냈냐, 저렇게 평생 살 바에야 죽는 것만 못하지 않냐"며, 하얀 가운을 붙잡고 원망 가득한 눈으로 울부짖는다. 안타까워서 저런다는 건 알지만, 그래도 최선을 다하고 있는 의사는 마음속에서 뭔가가 덜컹 하고 내려앉는 느낌이 든다.

동기

수련을 받을 때, 동기 중에 남자라고는 나와 병무밖에 없었다. 당직실이 두 개뿐이라 같은 성끼리 방을 써야 했고, 그래서 항상 둘이 파트너였다. 서른 살 넘은 어른이 가족이 아닌 사람과 같은 방을 쓰는 건 쉬운 일이 아니었다. 집에서 아내와 보내는 시간보다, 병원에서 동기인 병무 얼굴을 보는 시간이 더 많았다. 게다가 둘이서 번갈아가면서 당직을 서야 했다. 평일, 주말 그리고 공휴일 당직을 둘이서 공평하게 나눴다.

크리스마스이브와 새해를 병원이나 당직실에서 혼자 맞이하고 싶은 사람은 없다. 하지만 둘 중 한 명은 오프를, 둘 중 한 명은 당직을 서야 했다. 나나 병무 둘 중에 한 명이 휴가를 가면 나머지 한 명은 일주일 내내 병원에 갇혀 혼자서 두 명 몫을 해내야 했다. 7일간의 연속 근무, 168시간을 병원에서 일했다.

레지던트 과정에서 아무리 교수님들이 힘들게 하고 위 연차가 갈구더라도, 동기만 좋으면 버틸 수 있다. 반대로 교수님들과 위 연차가 아무리 잘해준다고 하더라도, 동기와 맞지 않으면 버티기 어렵다. 몇 년을 함께하는 동기와의 관계는 두 가지 중 하나이다. 고등학교 때보다 더 친한 친구가 되거나, 아니면

철천지원수가 되거나.

'그 사람을 알려면, 술에 취했거나, 위기에 처했을 때를 보라'는 말이 있다. 시내에서 차를 몰아봐야, 좋은 차와 나쁜 차는 거기서 거기다. 오르막길이나 심한 곡선에서야 차의 진가가 드러난다. 사람도 마찬가지로 위기에 처했을 때 비로소 사람의 본모습을 알 수 있다. 대학교 때야 학교에서나 잠시 보니까 조금만 노력하면 사람들에게 좋은 모습만을 보여줄 수 있다. 하지만 전공의 생활은 다르다. 잠을 못 자는 건 예사고, 하루 종일 한 끼도 못 먹는 경우가 허다하기에 그런 가면을 쓸 여유가 없다.

담당 환자는 많고, 점심도 못 먹으며 단 한순간도 쉬지 않고 일했는데도 일은 끝나지 않는다. 1년 365일, 휴가 일주일을 빼고는 매일 출근하고, 36시간 연속 근무 후 12시간 오프가 기본 스케줄이다. 두 달에 한 번씩 담당 파트가 바뀌면 짧게는 주말만, 길게는 일주일 연속 당직 근무였다. 참고로 2018년이 되어서야 전공의 특별법으로 주당 근무 시간이 법적으로 80시간 이하로 제한되었다. 줄어든 게 주당 80시간, 월 320시간이다. 이것도 과연 제대로 지켜지고 있을까 의심스럽다.

군대조차도 야간 훈련을 하면 간식도 주고, 훈련 마치고 샤

워도 할 수 있다. 그리고 다음 날 한두 시간 늦게 기상한다. 먹는 것이야, 한두 끼 못 먹어도 밤에 야식으로 폭식하면 되지만, 병원은 가장 기본적인 수면을 박탈하면서, 사람을 한계로 몰아붙인다.

그런 상황 속에서 항상 옆에 있는 건 동기다. 위 연차에게 깨지고, 이상한 보호자 때문에 당직실에 들어오자마자 '미친 XX' 욕을 하며 분노에 휩싸이고, 환자를 잃고서 의기소침해하는 모습을 동기는 옆에서 본다. 같이 욕을 하고, 때로는 위로해 준다.

그뿐만이 아니다. 내가 여유가 생겼을 때 아내와 통화를 하고, 책을 읽는 것을 바로 옆에 있는 병무는 무심코 보게 된다. 몇 시에 자는지, 코는 안 고는지, 야식으로 뭘 먹는지, 잘 씻는지, 어떤 샴푸를 쓰고 어떤 팬티를 입는지까지 알고 싶지 않아도 자연스럽게 알게 된다. 2층 침대를 위아래로 쓰다 보면 자다가 화장실 가서 큰일을 보는지 작은 일을 보는지도 알고 싶지 않지만 귀로 다 듣는다.

병무는 혼자 당직을 서면 일주일에 두세 번은 혼자서 닭을 시켜 먹었다. 그는 진정한 '1인 1닭'이었다. 환자가 없는 밤에는 주로 컴퓨터 오락을 한다. 여자 친구는 없고, 오프면 친구들과 주로 PC방 가서 '롤'을 한다. 병동 간호사들은 크리스마스 이브에 당직은 나와 같이 서놓고, 병무에게만 크리스마스 카드와 빨간 페O리 향수를 선물했다. 내가 유부남이고, 병무는 미혼이라서 그랬을 거라고, 내가 미혼이었으면 나한테도 선물을 줬을 거라고 혼자 추정하고 있다.

내가 중심정맥관 삽입이 잘 안되면, 나를 대신해줄 사람, 즉 손을 바꿔줄 사람은 병무밖에 없었다. 잘 모르는 게 있으면 교수님이나 과장님들에게 묻기 전에 병무에게 물었다. 나는 병무에게 내가 먼저 돈 파트를 인계해줬고, 병무도 나에게 자기가 돈 파트를 인계해줬다. 내가 집에 일이 있어서 30분이라도 먼저 가게 되면, 병무에게 30분 동안 내 환자와 각종 병동 콜을 부탁했다. 병무도 마찬가지였다.

내가 특정한 날에 오프를 하면, 병무는 그날에 당직이다. 병무가 오프면, 나 또한 그날은 당직이다. 한 명이라도 꾀를 부리거나, 일을 깔아두면 고스란히 상대에게 넘어갔다. 집에 무슨 일이 생겨 급하게 가봐야 하면 병무와 당직을 바꿨다.

운이 좋았다. 나와 병무 모두 괜찮은 사람이었고, 우리 둘은 꽤나 잘 맞았다. 즐거운 추억도 쌓았다. 학회가 열리는 호텔에 브라질 축구 대표팀이 묵고 있어서 병무와 둘이서 네이마르를 직접 보기도 했다. 야구장에 가서 관람을 하는데 둘이 나란히 텔레비전 카메라에 꽤나 오랫동안 나왔다. 수련이 끝난 지 몇 년이 흘렀지만 병무와 매주 연락을 하며 지낸다.

하지만 동기와의 관계가 다 좋을 수만은 없다. 아는 친구는 오프 때도 병원에서 끊임없이 전화가 왔다.

"선생님, 오늘 오프인 거 아는데요, 당직인 OO 선생님이 계속 전화를 안 받아서, 어쩔 수 없이 연락드렸어요. 613호 OO 환자……."

그래도 밤이면 참을 만하지만, 곤히 잠든 새벽에 병원 전화가 오면 참기 어렵다. 결국 참다못한 친구 현수는 사소한 계기로 폭발해 동기와 병원에서 주먹질을 했고 병원에 경찰이 출동하는 촌극을 벌였다.

오후 6시 당직 시간이 되자마자, 병동에서 전화가 온다.

"선생님, 85병동인데요, 8513호실, 손영호 환자, BP(blood pressure: 혈압) 80/60입니다. 어떻게 할까요?"

"예, 80에 60요?"

"네, 5시 40분에 80/60으로 주치의인 김영수 선생님한테 전화드렸는데, 생리식염수 500ml 로딩하고 지켜보자고 하시던데요."

"무슨 환잔데요?"

"네, 폐렴으로 입원 이틀째인 분입니다."

"산소포화도는요?"

"산소마스크로 분당 4L인데, 90프로 초반 대 나옵니다."

김영수한테 뒤통수를 한 대 맞은 것 같다. 딱 봐도 중환자실 내려서 봐야 할 환자인데, 아무런 조치를 안 하고, 의사들끼리 말로 환자를 '깔아'두고 갔다.

"보호자한테 중환자실 내려갈 수 있다고 설명된 환자예요?"

"아니요, 잘 모르겠는데요."

병동 내려가서 보호자한테 상태 안 좋아져서 중환자실 가셔야 된다고 설득해야 한다. 보호자는 이 날벼락 같은 소리에 기가 찬다. 중심정맥관 삽입해서 승압제도 달고, 여차하면 기관삽관도 해야 한다. 못해도 한두 시간은 걸린다. 점심도 못 먹었는데, 저녁도 못 먹을 것 같다. 김영수는 정말 한두 번도 아니고, 내가 일을 떠맡는 건 둘째 치고, 이러다 정말 사람 잡겠다. 의사로서 실격이다. 오늘 저녁은 다 먹었고, 잠도 다 잤다.

환자, 보호자뿐만 아니라 같은 의사에게서도 가끔 바닥을 본다. 이것으로 끝이면 좋겠지만 아직도 봐야 할 인간의 바닥이 남았다. 의사는 슬프다.

※ 윗글은 일부 환자, 보호자, 의사에 해당하는 이야기로, 대부분의 환자, 보호자, 의사는 착하고 선량하다는 점을 밝혀둡니다. 오해의 소지 없으시기를.

마지막 바닥

나는 30년간 살던 경상도를 떠나 낯선 서울에 올라와 수련을 받고 있었다. 때는 추운 1월이었고, 당시에 호스피스 환자를 보고 있었다. 말기 암 환자를 비롯하여 죽음이 임박한 사람들이었다. 중환자들은 모두 삶과 죽음의 경계선에 서 있지만, 호스피스 환자들은 시간의 차이가 조금 있을 뿐 그들을 기다리고 있는 건 죽음뿐이었고, 그건 의사인 나에게 패배 같았다. 환자 앞에서도, 환자가 없어도 나는 웃지 못했다. 마음이 항상 무거웠다.

의사는 아파서 얼굴을 찌푸리던 환자가 나아져서 "선생님 덕분에 나았습니다(살았습니다)"라며 환하게 웃을 때 가장 큰 보람을 느낀다. 하지만 호스피스 환자의 끝은 항상 "정세환 씨, 20XX년 O월 O일 OO시 OO분, 사망하셨습니다." 사망선고와 그에 이어지는 울음이었다. 곡소리를 뒤로하고 병실 문을 나설 때 그 참담한 기분……. 복도를 걸을 때 가운과 목에 걸린 청진기가 유난히 무거웠다.

1월 10일 오후 2시였다. 병동에서 전화가 왔다.

"선생님, 지난주에 돌아가신 김종수 환자 보호자가 병동에 찾아오셨는데요?"

'망했다.'

가슴이 두근거리고 손발이 떨렸다. 김종수 씨라니. 6일 전이었다.

그날은 1월 4일 토요일이었다. 다음 날이 소한이었으나, 당직으로 금요일 아침부터 24시간 넘게 병원 안에만 있어 날이 추운지도 몰랐다. 그때도 병동에서 전화가 왔다. 핸드폰을 보니 아침 7시 55분이었다.

"선생님, 5527호실, 김종수 씨가 숨을 아주 느리게 쉬는 것 같아요."

"예? 아침 피 검사도 괜찮았는데. 네, 가볼게요."

토요일이든, 일요일이든, 휴일이든 상관없이 매일 아침 7시부터, 밤 사이 환자 바이탈과 아침에 촬영한 엑스레이 및 피검사 결과를 하루도 빠짐없이 300일째 확인하고 있던 날이었다.

김종수 씨는 어제 오후, 외과에서 호스피스로 담당과가 바뀐 환자였다. 62세 남자 환자로, 2년 전에 췌장암으로 수술받고, 화학요법까지 받으셨다. 하지만 안타깝게도 최근에 간 전이 소견 및 수술 부위에 암이 재발되어 말기 암 판정이 내려졌다. 암이 점점 진행됨에 따라, 먹는 게 힘들어지고 통증이 심해져서 외과로 입원하셨다. 주로 수술을 하는 외과에서는 더 이상 할 수 있는 게 없어서 호스피스 파트로 넘어와 내가 어제 저녁부터 담당 의사가 되었다. 차트상에는 간 수치가 높았고, 탈수로 인해서 그런지 콩팥 수치도 약간 상승해 있었다.

김종수 씨는 말기 암 환자인데도 대단히 차분했다. 키는 179cm로, 그 나이에 비해 상당히 큰 편이었으나, 체중은 45kg으로 많이 야위고 수척했다. 통증 때문에 대화 도중 가끔 얼굴을 찡그리기도 했지만, 어금니를 깨물며 참으면서 겉으로 아픔을 드러내지 않으려는 강인함이 느껴졌다. 아내분도 남편처럼 침착해서 다행이라고 생각했다. 최근 며칠 사이 통증이 심해져서 일시적으로 식사를 못하는 게 가장 문제이긴 했지만, 통증만 조절되고 먹는 것만 나아진다면 몇 개월은 문제가 없어 보였다. 다양한 예측치(PPS, ECOG, PaP, PPI)를 통해서 추론한 기대수명도 한 달은 될 듯했다.

어제 저녁에 아내분과 따로 긴 시간 이야기를 했다. 한 손에 기본 심폐소생술 및 연명치료 거부 동의서를 들고서. 이미 환자와 보호자, 그리고 의사인 나도 말은 안 했지만 끝을 알고 있었다. 하지만 확인해야 했다. '기본 심폐소생술 및 연명치료 거부 동의서'라는 제목에 '다음에 선택한 기본 심폐소생술과 연명치료 등을 시행하지 않는 것에 동의합니다'라고 굵은 글씨로 강조된 문서로 말이다. 서명을 받아야 하는 의사나, 서명을 해야 하는 환자와 보호자 모두 편하지 않았다.

나는 최대한 목소리를 낮추고 천천히 말을 꺼냈다. 전문적인 말들은 낯설고 어려웠다.

"심폐소생술이란 심장 박동이 갑자기 멈추거나, 숨을 쉬지 않을 때 가슴을 누르고, 목에 튜브를 삽입해 공기를 짜 넣어주는 응급조치입니다. 젊은 사람이 갑자기 물에 빠져서 심장이 멎었을 경우에 심폐소생술을 해서 의식이 돌아오면 멀쩡할 수 있습니다. 하지만 남편분처럼 암으로 인해 전신 기능이 떨어진 상태에서 폐와 심장이 멈췄을 경우, 심폐소생술을 시행하면 잠시 돌아올 수는 있지만 얼마 못 갑니다.

기관삽관이란 입으로 기도까지 관을 꽂아 넣는 것을 말하는데, 의식이 있으면 기관 내 삽관을 하는 게 상당히 불편하기 때문에 약으로 재웁니다. 그러면 의식이 없는 상태가 되고 사실상 의식이 다시 깨기는 어렵습니다."

"다시 깰 수 없다는 말인가요?"

보호자 목소리는 약하게 떨렸다.

"심폐소생술을 해도 다시 심장이 뛴다고 보장할 수는 없고, 운 좋게 심장이 뛴다 해도 대개는 24시간 이내에 다시 심장이 멈추는 경우가 많습니다. 의식이 다시 돌아오는 건 거의 불가능합니다. 그래서 저희는 가능한 한 안 하였으면 합니다."

"심폐소생술은 저희도 안 하기로 했어요."

아내분은 담담하게 대답했다.

설명은 이제부터 시작이었다. 중환자실 입실, 인공호흡기, 혈압을 올리는 승압제 및 강심제 사용, 제세동기를 포함한 일체의 전기적 심장 자극, 인공 심박 조율기 삽입, 항부정맥 사용, 투석, 항생제 사용, 수혈, 혈액 검사, 경장 영양 등. 보호자가 결정해야 하는 항목들이 열 개가 넘었다. 천천히 설명을 하면서

의사로서 불필요할 것으로 생각되는 것은 옆에 X, 필요한 것에
는 O, 애매한 항목에는 △를 쳤다. 대개는 그 자리에서 바로 동
의서에 사인을 받지만, 어차피 오늘이 첫 대면이라 바로 결정
을 내리는 것이 부담스러울 수 있다고 생각했다.

"급한 건 아니니까 상의하시고 결정해주세요. 혹시나 궁금
한 것이 있으시면 말씀해주시고요."

이 말을 끝으로 20분 넘는 면담을 마치고 나는 보호자에게
한없이 가볍지만, 한편으로는 한없이 무거운 종이를 건넸다.

저녁이 지난 시간에 환자분이 통증을 호소하여 모르핀을 한
차례 더 주었다. 그게 어제까지 내가 한 김종수 씨에 대한 마지
막 조치였다.

병동에서 걸려온 전화를 받고 병실에 도착하기까지 3분 남
짓한 시간이 걸렸다.

'모르핀 부작용으로 인한 호흡 저하인가, 아니면 단순히 아
파서 그런 건가?'

병동으로 걸어가면서, 원인에 대해 생각해봤으나 떠오르는
게 없었다.

병실 문을 열고 들어가니, 당황해하던 아내분이 나를 쳐
다보았다. 나는 김종수 씨를 보았다. 1초, 2초, 3초, 4초, 5초,

어…… 10초 만에 김종수 씨가 짧게 "흑" 하고 숨을 내쉬었다. 그것이 김종수 씨의 마지막 숨이었다. 나는 급히 청진기로 심장과 폐를 청진했다. 청진기에서는 김종수 씨의 심박동 대신 내 심박동 소리만 세차게 들렸다. 어금니를 깨물었다. 긴장한 내 표정을 읽었는지, 김종수 씨 손을 붙잡고 있던 아내분이 나를 쳐다보고는 물었다.

"선생님, 우리 남편 숨 쉬고 있는 거죠?"

나는 눈을 내린 채 침묵했다. 아내분이 내 얼굴을 보더니 남편에게 엎드려 울기 시작했다.

"선생님, 마지막 모습도 제대로 못 보고 어떡해요? 미국에 있는 자식들도 못 보고, 이렇게 돌아가시면 안 돼요. 선생님, 아직 죽은 거 아니죠? 그렇죠?"

나는 아내분의 등에 가만히 손을 얹었다. 그것이 내가 할 수 있는 전부였다.

"우리 남편 이렇게 돌아가시면 안 돼요. 혼자서 외롭게, 이렇게 갑자기……. 나는 그냥 자는 건 줄 알았는데. 선생님, 제가 더 빨리 말했어야 했나요?"

할 수 있는 것이 없었다. 최소 한 달은 더 사실 수 있을 거라고 생각했는데, 이렇게 갑자기 돌아가실 줄은 의사인 나도 몰랐다. 보통의 경우는 이럴 때, 코드 블루*를 띄우고, 적극적으로 심폐소생술을 시작하나, 이번 경우는 예외였다.

나는 울고 있는 아내분 옆에 말없이 서 있었다. 병실은 아내분 울음소리만이 가득했다. 나 또한 당황스럽고, 혼란스럽고, 두려웠다. 의사이지만 환자의 죽음 앞에서 나는 아무것도 할 수 있는 게 없었다. 말없이 옆에 서 있는 것이 전부였다. 머릿속이 텅 비었다. 보호자의 울음이 마음속을 채웠다. 1분, 2분, 5분, 10분, 20분, 30분이 지나자 연락을 받고 온 교회 식구들과 다른 가족분들이 병실에 도착했다. 미국에 있는 아들과 딸은 도착하지 못했다.

나는 그제야 "201X년 1월 X일, 08시 XX분, 김종수 님 돌아가셨습니다." 사망선고를 하고 패잔병처럼 조용히 병실을 빠져나왔다. 그리고 컴퓨터 앞에서 마지막으로 남은 일들을 했다. 퇴원 기록과 사망 기록을 쓰고, 사망진단서를 작성했다. 키보드를 두드리는 손이 유난히 무거웠다. 나는 그날 밥을 먹지 못했다.

* 코드 블루(code blue): 심정지 환자가 발생했음을 뜻한다. 코드 블루가 안내 방송에 나오면, 의사들은 즉시 그 병실로 뛰어가기 시작한다.

'병동에, 돌아가신 환자의 보호자가 찾아왔다고?'

악몽을 꾸고 있는 것 같았다. 나중에 보호자들이 찾아와서 왜 죽었냐고, 한 달은 문제없다면서 어떻게 다음 날 돌아가실 수 있냐고 따질 것 같았다. 돌아가시기 한 시간 전에 한 검사 결과도 전혀 이상 없었는데. 아무리 생각해도 이유가 없었다.

나는 즉시 차트부터 확인했다. 이럴 때 의사를 지켜주는 건 오로지 기록뿐이었다. 말기 암 환자로 언제든지 급사할 가능성이 있다. 정확한 이유는 알 수 없었지만 김종수 씨가 사망한 것에 대해서 의학적으로 큰 문제가 될 것은 없었다. 그런데 아내분께 '기본 심폐소생술 및 연명치료 거부 동의서'에 대해 설명하고, 구두로 동의를 받았으나 서류에 사인을 받지 않은 게 떠올랐다.

'큰일 났다.'

보호자가 말을 바꾸어, 심폐소생술을 안 하겠다는 말을 한 적이 없다며, 왜 환자 숨이 넘어가는 순간 아무것도 하지 않았냐며 따지기라도 하면 낭패였다. 그뿐만 아니라, 전과된 지 24시간도 채 안 되어서 사망했기에 환자 및 보호자와 신뢰를 쌓을 시간도 없었다. '왜 멀쩡하던 환자가 갑자기 죽었냐? 의사 잘못 아니냐?'고 나오면, 잘잘못을 떠나서 아주 힘들고 긴 시간을 보내게 될지도 모른다는 생각이 들었다.

진료 기록을 미친 듯이 뒤졌다. 가슴이 쿵쾅거렸다. '제발, 제발.' 진료 기록은 물론이고 간호 기록까지 모두 찾아 헤맸다. 수십 장의 서류들 중에 스캔한 '기본 심폐소생술 및 연명치료 거부 동의서'가 있었다. '와, 진짜 다행이다.' 나는 가슴을 쓸어내렸다. 아마도 내가 종이를 건넨 그날 저녁에 보호자와 김종수 씨가 사인을 하고 간호사에게 전한 것 같았다.

'그럼 됐다. 보호자가 아무리 나에게 뭐라고 그래도, 김종수 씨는 말기 암 환자로 언제든지 다양한 원인으로 급사를 할 수 있는 상태였어. 게다가 연명치료 거부 동의서가 있으니, 사망 당시 내가 아무런 행동을 하지 않은 것에 대해서도 아무 문제 없다. 오케이. 됐다. 침착해, 침착해. 넌 잘못한 게 없어. 당당하게 가자.'

혹시나 감정이 격한 보호자가 멱살이라도 잡을까 봐 넥타이를 풀고 병동으로 갔다. 병원 복도가 그렇게 긴 곳인지 그날 처음 알았다. 잔뜩 긴장한 상태로 병동에 도착하니, 아내분만 계셨다. 일단 안도했다. 만약 뭔가를 따지려고 했으면, 보호자들이, 그것도 남자들이 왕창 모여 있었을 테니까. 아내분 얼굴이 차분해 보였다.

"어떻게……."

"선생님, 장례 다 치르고 오는 길입니다. 어떻게, 이야기할 수 있는 조용한 곳 없나요?"

"아, 네."

나는 간호사분께 양해를 구하고 수간호사실로 들어갔다. 들어가서 탁자를 앞두고 얼굴을 마주 보고 자리에 앉았다. 나는 어떤 말이 나올지 몰라, 굳은 표정으로 입을 다물었다. 아내분이 먼저 말을 꺼냈다.

"선생님, 감사드립니다."

"네?"

"빨리 찾아뵈려고 했는데, 장례 치르고 일 정리하고 오니, 지금이네요. 감사합니다."

아내분이 하얀 봉투 하나를 나에게 내밀었다.

"선생님 덕분에 우리 바깥양반 잘 가셨습니다."

눈앞이 흐려졌다.

"아닙니다. 괜찮습니다. 저희가 더 잘해드렸어야 했는데."

"아니에요. 제 마음이에요."

김종수 씨 아내분과 내 목소리 모두 젖어들었다.

"그럼 바쁘실 텐데, 가보겠습니다. 선생님."

뭐라 말하고 싶었지만, 나는 아무 말 할 수 없었다. 김종수 씨 보호자분이 나가시고, 나 혼자 방에 남았다. 천천히 보호자가 건넨 봉투를 열었다. 거기에는 상품권과 함께 짧은 편지가 있었다.

선생님!
너무나 감사했습니다.
갑자기 다가온 바깥양반의 운명 앞에서
저를 위로해주시던 모습 잊지 않겠습니다.
앞으로 훌륭한 의사 선생님으로
더욱 굳건히 서시도록 기도하겠습니다.

2014. 1. 9.

김종수 환자 보호자 드림

그는 자리에서 쉽사리 일어나지 못했다. 그는 한 사람의 죽음 앞에서 자신의 안위만을 걱정하는 한 의사를 보았다. 그런 의사의 생각을 모른 채 잘 돌봐주셔서 감사하다는 보호자의 말에 의사는 미안함과 죄책감으로 울었다. 그날 그곳에서, 그는 차마 보고 싶지 않았던 한 인간의 바닥을 보았다.

그 의사가 눈물을 닦고, 아무 일 없었다는 듯이 방을 빠져나
오는 데에는 꽤 긴 시간이 걸렸다.

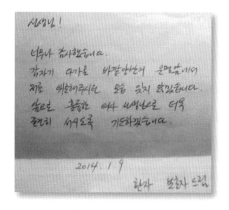

듣다

聽

치명적인 거짓말부터 결정적인 단서까지

1

"Everybody lies"(모든 사람은 거짓말을 한다)

그는 한쪽 다리를 절며, 습관처럼 마약성 진통제인 바이코
딘을 과자처럼 씹어 먹는다. 부하들을 몰아붙여 그 사람 얼굴
이 붉으락푸르락하는 걸 보고 그제야 썩소를 짓는다. 한때 선
풍적인 인기를 끌었던 미국 드라마 「하우스」의 주인공 닥터 하
우스가 자주 하는 말이다. "Everybody lies."

응급실에서 일할 때였다. 꽤 쌀쌀한 어느 가을밤, 나는 복통으로 온 43세 김경숙 씨를 진찰하고 있었다. 짙은 화장만큼이나 진한 분 냄새에 나도 모르게 움찔했다. 복통이 심하지 않아서 피 검사와 엑스레이 결과만 확인하고 이상 없으면 퇴원시키면 되겠다고 생각했다. 보호자로 보이는 남자도 같이 왔다. 둘 사이에 약간의 어색함과 묘한 긴장감이 흘러 남편이라기보다는 연인이나 흔히 말하는 썸 타는 사이 같았다.

그때만 해도 각 침대마다 환자 이름과 나이가 적힌 종이가 붙어 있었는데, 남자 보호자가 잠시 자리를 비운 사이에 김경숙 씨가 다급한 표정으로 나를 불렀다. '어, 증상이 심해졌나.'

"김경숙 씨, 괜찮으세요? 배가 더 아픈가요?"

"그게 아니라, 저 이름표 떼주시면 안 될까요? 제발요."

"네?"

"침대에 붙은 저 종이 말이에요. 나이가 적혀 있잖아요."

알 만했다. 김경숙 씨에게는 배 통증보다, 종이에 적혀 있는 나이가 더 중요했다.

"네. 그게 혹시나 환자를 착각하는 경우가 있어서 붙여놓은 건데요."

"그건 아니까, 나이만 없애주세요. 빨리요."

"아, 네."

종이를 빼서, 나이가 쓰인 부분만 접어서 다시 꽂았다.

"선생님, 감사합니다. 정말 감사합니다."

환자에게서 오랜만에 받아보는 진정 어린 감사였다.

3년 전 일이다. 한 달에 한 번씩, 그렇게 벌써 반년째, 나는 40대 초반 정미경 씨에게 졸피뎀이라는 수면제를 처방하고 있었다. 참고로 '졸피뎀'은 유명 여자 연예인이 졸피뎀의 부작용으로 자살했다는 의혹이 언론에 제기되면서 크게 이슈가 된 약이다.

불면증의 원인은 불규칙한 생활 습관, 몸의 통증, 우울증 등으로 다양하다. 환자 입장에서는 어떻게든 자는 것이 중요하지만, 의사는 불면증의 근본 원인을 파악하여, 그걸 해결하는 데 중점을 둔다. 불면증의 다양한 이유 중 하나가 우울증이다. 일반적으로 불면증 환자 세 명 중 한 명은 우울증이 그 원인이다.

우울증 환자들 대부분이 불면증을 호소하지만, 사람들은 자신이 우울증이라는 사실을 인정하기 꺼려한다. 게다가 정신과 치료에 대한 부담감으로 환자들은 대개 근처 가까운 의원에서 수면제 일종인 졸피뎀을 처방받는다. 모든 의사, 의원에서 수면제 처방이 가능하다.

직접 진찰을 하지 않았지만, 그 여자 연예인은 우울증을 앓고 있었을 가능성이 높아 보였다. 하지만 정신과 치료에 대한 두려움과 선입견, 그리고 연예인이라는 직업 때문에 우울증을 치료하지 않고, 우울증의 한 증상인 불면증으로 졸피뎀을 복용하지 않았을까 추정해본다. 그러다 안타깝게도 우울증이 악화되어서 목숨을 끊지 않았을까 추측된다.

그런 안타까운 경우를 피하기 위해, 나는 불면증으로 졸피뎀을 처방하기 전에 환자에게 밥은 잘 먹는지, 삶에 대한 의욕은 있는지 꼭 물어본다. 그동안 "우울하지는 않으세요?"라는 내 말에 갑자기 펑펑 우시는 할머니도 있었고, 우물쭈물거리며 쉽게 대답하지 못하는 50대 아주머니도 있었다. 우울증이 의심되는 경우는 조심스럽게 정신과 진료를 권한다.

"많이 힘드시죠? 불면증도 불면증인데, 잠 못 드는 원인부터 해결하셔야 될 것 같아요. 저보다는 정신과 선생님한테 진료받으시는 게 좋을 것 같습니다."

6개월 전에 첫 진료를 시작할 때, 정미경 씨는 직업이 버스 기사라 2교대로 운전을 하다 보니 잠들기가 어렵다고 했다. '흠, 일주기 이상으로 인한 불면증이군.' 그래도 혹시나 해서 우울하지는 않냐고 물어보았고, 정미경 씨는 내 물음에 방긋 웃으며 "전혀 그렇지 않습니다"라고 대답했다. 나는 불면증으로 진단하고 졸피뎀을 처방했다. 다행히 약이 잘 맞는 듯, 약 먹고 잠을 잘 잔다고 했고, 매달 같은 약을 처방했다. 그동안 항상 웃으며 진료를 받고 갔기에 단 한 번도 우울증이나 다른 질환을 의심하지 않았다.

"소견서요?"

"네. 제가 몇 개월 전에 어떤 사람한테 심한 말을 듣고, 그때부터 잠을 못 자서 수면제를 먹고 있는 거거든요."

"아니, 저한테는 2교대로 근무해서 생활이 불규칙하다 보니 잠들기가 어렵다고 하셨잖아요?"

"2교대로 버스 운전을 하는 건 맞는데, 그 사람한테 죽여버리겠다며 온갖 욕을 듣고 나서부터 무서워 잠이 안 왔어요."

'속았다'는 배신감과 그동안 나를 속인 것에 대한 분노가 일었다.

"아니, 그럼 말씀을 하셨어야죠? 하여튼 차트에 이미 다 기록되어 있는데 그렇게는 못 쓰죠."

내 목소리가 갑자기 높아졌다. 그리고 침묵이 흘렀다.

"그럼 진료받은 거라도 써주세요."

"……그러면 불면증으로 약 먹고 있다고만 써드릴게요."

"네, 그럼 그렇게 해주세요."

그 후로, 정미경 씨는 다시 오지 않았다. 그 당시를 회상해 보니, 그때는 의사인 내가 정미경 씨에 대한 배신감으로 올바른 판단을 내리지 못했다는 생각이 든다. 의사라면 화부터 내지 말고, 정미경 씨에게 급성 스트레스 장애 및 외상 후 스트레스 증후군으로 정신과 치료를 먼저 권했어야 했다.

하루는 중학교 3학년 남학생 두 명이 배가 아프다고 응급실로 온 적이 있었다. 목이 말라서 놀이터에 있는 페트병에 담긴 알 수 없는 액체를 마셨는데 그 이후로 배가 아프다고 그랬다. 그런 어설픈 거짓말에 속아줄 사람은 아무도 없다. 한 친구는 몹시 아팠고, 다른 한 친구는 비교적 경미했다. 나는 덜 아픈 아이에게 몇 차례나 지금 한 말이 사실이냐고, 혹시나 죽을 생각으로 먹은 거 아니냐고 다그쳤다. 지금 아파하는 다른 친구가 죽을 수도 있다고, 평생 장애를 가지고 고통스럽게 살 수도 있다고 협박 아닌 협박도 해가면서, 무엇을 먹었는지 물어보았으나 끝까지 모른다고 했다. 결국 학교 선생님부터, 부모님, 경찰까지 와서 몇 번이나 같은 질문을 한 후에야 자살하려고 과

산화수소를 들이켰다고 사실대로 털어놓았다.

환자들은 거짓말을 한다. 학교에 늦어서, 또는 학교에 가기 싫어서 아프다고 하는 학생들의 꾀병은 애교 수준이다. 아픈 지 꽤 됐지만 엄마가(또는 딸이) 걱정할까 봐 며칠 전부터 아팠다고 사소한 거짓말을 하는 경우도 흔하다.

부적절한 성관계로 인해 임질에 걸려, 거시기 끝에서 노란 고름이 나오는데도 불구하고 자신은 절대로 성관계를 맺지 않았다는 50대 아저씨도 있었다. 끝까지 관계를 가진 적이 없다고 발뺌을 하자, 나는 질문을 바꿔 술 먹고 거하게 논 적이 없는지 물었다. 아저씨는 의미심장하게 음흉한 웃음을 지으면서 "그런 적은 있지"라고 대답했다.

머리가 아프다, 목이 아프다고 입원해서는 특별한 이상 없으니 퇴원하라고 해도 자기는 더 입원해야 된다고 끝까지 버티다 결국 한 달간 입원하고, 퇴원하면서 보험용 진단서를 무려 다섯 장이나 떼 간 보험 아줌마도 있었다.

또 다른 환자는 퇴원 다음 날 찾아와서는, 어제 퇴원하기 직전에 병원 화장실이 미끄러워서 넘어졌는데, 아파서 일을 못 하겠다고 대놓고 150만 원을 내놓으라고 하기도 했다. 검사상 골절은커녕 그 흔한 멍 하나, 찰과상 하나 없었다. 어제 퇴원하면서 그동안 병원에 가져다 놓은 살림살이를 두 손에 한 보따리씩 들고 잘 걸어 나가는 걸 두 눈으로 똑똑히 봤는데…….입원할 때도 공사장 사다리에서 떨어졌다고 해서 입원했는데, 낙상치고는 너무나 멀쩡했었다.

다른 사람 이름으로 수면제나 신경 안정제를 받아 가는 경우도 있다. 심지어는 병원 앞에서 처음 보는 남자를 유혹해서, 데이트를 해주는 댓가로 병원에 특정 약을 타러 보낸 여자도 있었다.

하루는 스무 살 재수생 여학생이 배가 아프다며 대학병원 응급실로 왔다. 작은 체구의 여학생은 배를 움켜쥐고 얼굴뿐만 아니라 온몸에 땀을 뻘뻘 흘리고 있었다. 증상과 병의 심각성이 일치하지는 않지만 저렇게 아플 정도면, 위천공이나 맹장이 터져서 생긴 복막염 등이 의심되었다. 딸이 심하게 아파하자, 침대 옆에서 아버지는 안절부절 어쩔 줄 몰라 했다.

커튼을 치고 진찰을 하는데, 마르고 작은 체구치고는 배가 너무 불렀다. '설마, 설마' 하는데 배에서 뭔가가 흘러나와 치마가 흠뻑 젖었다. 양수가 터진 것이었다. 이미 아이가 세상으로 나오고 있었다.

"야, 빨리, 분만실로 옮겨. 애 나온다. 머리 보인다, 머리."

그 말에 방금 외할아버지가 된 아버지와 막 엄마가 된 딸의 놀라는 표정을 봤어야 했다. 경악, 분노, 당혹, 죄책감, 수치스러움. 그 모든 감정이 얼굴에서 폭발하고 있었다.

"도대체 어떤 새끼야?"

아버지, 아니 외할아버지의 절규와 같은 고함이 응급실 전체를 가득 채웠다.

58세 이진희 씨는 2주 전에 기침을 해서, 이미 한 번 진료를 본 환자였다. 2주 동안 계속 기침을 해서 다시 왔다는데, 밤에 특히 심해지는 기침이 특징이었다. 진찰을 해도 특별히 이상한 건 없고, 그렇다고 왠지 그냥 보내기에는 찝찝했다. 엑스레이를 찍어보기로 했다. 가장 흔한 기침 환자이지만, 기침을 조금 오래 하면 엑스레이라도 찍어 정상인 것을 확인해야 마음이 놓인다.

'뭐 별다른 거 없겠지' 하고 엑스레이를 봤다. 엑스레이에서 공기는 검게, 액체는 하얗게 나온다. 공기가 들어가는 폐는 검게 나와야 정상인데, 좌측 폐 절반이 하얬다. 좌측 폐 절반이

물에 잠긴 것이다. 끙. 폐에 관을 꼽아서 폐에 찬 물을 빼내고, 그 물을 검사해서 원인이 뭔지 감별해야 한다. 바로 큰 병원으로 전원을 보내기로 했다.

"환자분, 폐에 물이 좀 많이 찼네요. 혹시 이전에 엑스레이 촬영한 게 마지막으로 언제예요?"

"2주 전 건강검진요."

"뭐라던가요?"

"병원 가서 CT 찍어보라던데요."

'아니, 그 말을 왜 안 했어요?' 나도 모르게 이 말이 입 밖으로 튀어나오려는 걸 참았다. 환자들은 가끔 의사를 시험에 빠뜨린다. 이진희 씨처럼 엑스레이상 명백하게 이상이 있는 경우야 놓칠 리 없겠지만, 애매한 경우나 잘 보이지 않는 미세한 병변은 미리 말을 하지 않으면 아무래도 놓치기 쉽다.

거짓말을 하거나, 중요한 사실을 숨기는 경우가 간혹 있다. 단순히 학교를 땡땡이치기 위해서부터 보험금 같은 금전적 이익을 위한 케이스도 있다. 앞에 나온 스무 살 재수생 임산부같이 사회적 지위나 체면이 걸려 있는 경우, 얼마 안 가 들통이 나더라도 일단 거짓말을 한다. 성병 아저씨같이 의사가 절대로 그 말을 믿어줄 리가 없는데도 끝까지 거짓말을 한다.

모든 사람들은 때때로 거짓말을 한다. 목숨이 위태롭더라도 말이다.

도움이 안 되는 45%

환자가 진료실에서 하는 말들을 처음부터 잘 듣고 있으면, 내용의 45%는 진단과 치료에 전혀 도움이 안 되는 이야기이다.

하루는 기침으로 온 60대 아저씨가 대기 환자가 없는 틈을 타, 자기가 용인에서 수십 채의 집을 샀는데, OO 대통령 때문에 망해서 빚 갚느라고 경비일을 하고 있다고 했다. 자식들에게도 무시당한다며 30분째 같은 이야기를 하고, 또 하고, 또 했다. 옆에 있던 간호사분은 살며시 눈치를 보더니, 아예 진료실 밖으로 나가버렸다.

듣다 보니 이상한 점이 있었다. 최근 20년간 환자가 욕하던 OO 대통령 때가 가장 많이 집값이 올랐다. '만약에 대박 났으면 그건 아저씨께서 투자를 잘하셔서 그런 거죠?'라고 말하고 싶었지만 참기로 했다. '잘되면 내 탓, 안되면 네 탓' 하는 사람이 한둘이겠는가. 다만 아저씨가 집에서 무시당하는 이유는 알 수 있을 것 같았다.

무릎이 아파서 오신 64세 할머니는 아직도 시어머니가 살아 있어, 이 나이에도 시집살이를 한다고 자신의 신세를 한탄했다. 시어머니가 어떻게 된 건지 아흔이 넘었는데도 죽지 않는다고, 자기가 먼저 죽을 것 같다고, 시어머니 험담을 했다. 그렇다고 내가 알지도 못하는 시어머니 험담을 같이 할 수도 없었다. 이전 생애에 내가 무슨 나쁜 짓을 했기에 이 고생이냐며 하소연을 하시는데, 안타깝게도 나는 전생을 볼 능력도 없고, 또 믿지도 않는다. 할머니의 이야기는 끝나지 않았다.

21세기 들어 환경의 중요성이 부각되어서 그런지, 호흡기 질환으로 오는 환자가 많다. 그들은 자신이 기침을 하는 게 "미세먼지 때문인가요?" 하고 묻거나, 아예 미세먼지 때문이라고 단정적으로 말한다. 사람들은 쉽게 말하지만, 의사는 '미세먼지로 그래요'라고 쉽게 대답할 수 없다.

만약 당신이 심장을 부여잡고 쓰러져 병원에 왔다고 가정해보자. 심장 근육에 피를 공급하는 관상동맥이 막히는 심근경색을 진단받았다. 그 즉시 응급으로 관상동맥조영술을 받고, 막힌 관상동맥을 뚫어내 아슬아슬한 위기를 넘겼다. 죽다 살아난 당신은 '도대체 왜 내가 심근경색이라는 심각한 병에 걸렸는지' 궁금하다. 평소에 피우던 담배 때문에? 고혈압 약을 안 먹어서? 운동을 안 해서? 내과학의 성경 『해리슨 내과학』 20판을 보면 심혈관계 질환의 위험인자가 나온다.

행동 요인: 1. 담배 2. 식사 3. 활동 부족
대사성 요인: 1. 고지혈증 2. 고혈압 3. 비만 4. 당뇨

이것 외에도 나이, 성별(남자가 여자보다 잘 걸린다), 유전, 폐경(폐경이 오면 여자의 심혈관계 사망률이 급격히 증가한다), 그리고 인종적 요인이 심혈관계 질환의 발생에 영향을 미친다.

그럼 당신이 20년간 피워왔던 담배를 안 피웠으면, 심근경색에 안 걸렸을까? 금연을 했으면 확률은 낮아지겠지만 장담할 수는 없다. 지금부터 담배를 끊으면 심근경색이 재발하지 않을까? 이에 대한 대답도 마찬가지다. 그게 과학의 한계이자, 의학의 한계다. 슈퍼컴퓨터를 동원해도 내 눈높이에서 떨어뜨

린 휴지 조각이 방바닥 어디 떨어질지조차 맞출 수 없는 게 과학이다. 다만 바로 아래 떨어질 확률이 제일 높다고만 설명할 수 있다.

사람들은 확실한 것을 원하지만 의사는 불확실함을 말한다. 사람들은 과거와 현재를 알면 미래가 정해지는 '뉴턴의 과학'을 원하겠지만, 이미 우리는 입자의 위치를 알면 운동량을 모르고, 운동량을 알면 위치를 말할 수 없는 '하이젠베르크의 불확정성 원리'가 지배하는 사회에 살고 있다.

생명을 위협하는 심근경색조차 이런데, 당신이 기침하는 게 미세먼지 때문이냐고? 정답은 '예' 또는 '아니오'가 아니라, '일반 미세먼지(PM10) 농도가 $10 \mu g/m^3$ 증가할 때마다 만성 폐쇄성 폐질환 입원율은 2.7%, 사망률은 1.1% 증가한다.[*] 정도가 의사가 내놓을 수 있는 최선의 답이다.

"아니 그래서, 지금 기침하는 게 미세먼지 때문이냐고?"

"아니 그러니까, 종이를 떨어뜨려도 어디에 떨어질지 모른다니까요."

"아 참, 의사 선생, 인생 어렵게 사시네."

[*] 질병관리본부

도움이 되는 40%

환자가 하는 말의 40%는 진단과 치료에 도움이 된다. 증상이 언제부터 발생했는지, 콕콕 찌르는 것 같은지, 누르는 것 같은지, 쥐어짜는 것 같은지. 어떻게 하면 좋아지고, 어떻게 하면 악화되는지. 이전에도 이런 적은 없었는지. 현재 앓고 있는 질환, 먹고 있는 약, 수술하거나 입원한 적이 있는지, 약에 대한 부작용, 특이 과거력 및 가족력이 있는지 등.

전편에서 말한 치명적일 수 있는 거짓말이 5%, 불필요한 말이 45%, 진단에 도움이 되는 말이 40%이다. 이제 10% 남았다.

방해가 되는 8%

남은 10% 가운데, 환자가 하는 말의 8%는 진료에 방해가 된다. 환자 나름대로 고민도 하고, 인터넷과 주위 사람들에게 물어보면서 자신의 병을 진단해 오는 경우이다.

진료실로 들어오자마자, 대뜸 54세 김정숙 씨가 묻는다.

"선생님, 제가 옆구리가 아픈데 대상포진 아닌가요?"

김정숙 씨 입장에서는 친한 친구인 박선숙 씨가 한 달 전에 대상포진으로 고생한 것을 보고 걱정이 되어서 그럴 수도 있다. 또는 신문에서 "'대상포진' 주의보…… 찬바람 불고 면역력 떨어질 때"*라는 기사를 보고, 아기 낳는 고통만큼 아프다기에 겁이 나서 그럴 수도 있다. 하지만 김정숙 씨가 아는 옆구리가 아픈 병은 대상포진 말고는 없다.

우측 옆구리에는 피부, 뼈와 근육, 간, 담도, 신장, 요관, 소장, 대장 등이 있다. 각 부위마다 감염, 외상, 자가면역 질환, 혈액 공급 이상 등 수없이 많은 요인들이 문제를 일으킬 수 있다.

다리가 네 개인 동물만 해도 개, 돼지, 소, 코끼리, 고양이부터 한없이 많다. 하지만 김정숙 씨는 코끼리(대상포진)만 생각한다. 코끼리 외에 다른 네 발 달린 동물은 모른다.

의사는 코끼리(대상포진)는 코가 길어야 하는데(대상포진은 반드시 피부에 물집이 잡혀야 한다), 환자의 옆구리에 긴 코가 보이지 않으니(물집이 없으니), 바로 제외한다. 하지만 코끼리 말고는 다른 네 발 달린 동물을 알지 못하는 김정숙 씨는 끝까지

* '대상포진' 주의보…… 찬바람 불고 면역력 떨어질 때, 중앙일보 2018년 11월 25일 온라인판, 이동희 기자

118

대상포진(코끼리) 아니냐고 묻고, 의사는 아니라고 말한다. 김정숙 씨는 대상포진 같은데, 아니라는 의사가 왠지 시답지 않다. 하지만 그것으로 그치지 않는다. 내원 당시 진찰할 때는 없었는데, 나중에 물집이 생겨서 다른 병원에서 대상포진으로 진단받는 일도 있다.

'어휴, 그 돌팔이 의사, 내가 대상포진이냐고 물어봤을 때 아니라고 했는데⋯⋯. 다시는 그 병원 가나 봐라.'

단순히 생각으로 끝이 나면 다행이다. 왜 대상포진이 아니라고 했냐며, 오진을 했으니 진료비를 물어내라고 따지러 오신 분도 있었다. 안타깝게도 운이 없는 경우이다. 그 어떤 의사도 물집 없이 대상포진을 진단 내리지 않는다.

얼굴을 찡그리고 진료실로 들어온 열일곱 살 가연이는 어디가 아파서 왔냐는 내 질문에 "편두통이 있어서요"라고 대답했다. 아주 흔하다. 앞에서도 말했지만 가연이는 아는 게 편두통밖에 없거나 또는 한쪽 머리가 아프니까 편두통이라고 쉽게 말하겠지만, 의사인 나는 '편두통'이라는 단어에 머리가 지끈거린다.

"얼마나 됐어요?"

"몇 달 됐어요."

"한 달에 몇 번이나 그래요?"

"자주 그래요."

"사람마다 자주라는 말의 의미가 달라서요. 일주일에 몇 번이나 그래요?"

"한 세네 번."

"한번 아프면 얼마나 지속돼요?"

"몇 시간은 가는 것 같아요."

"아픈 곳을 손으로 짚어볼래요?"

"여기가 주로 아파요."

라며, 이마 양쪽을 짚는다.

"박동 같은 게 느껴지나요? 머리에서 혈관이 뛰는 게 느껴지거나?"

"아니요."

관자놀이를 만져보았으나 특별히 만져지는 건 없다.

"머리 아파서 생활하기 불편해요?"

"네, 집중을 못 하겠어요."

"구역질 나요?"

"아니요."

"빛이나 소리가 들리면 더 심해지거나 그래요?"

"아니요."

사람들은 한쪽 머리가 아프면 편두통이라고 쉽게 말하지만, 편두통 진단 기준은 꽤나 까다롭다. 전세계적인 권위를 가진 국제두통학회가 발행하는 국제두통질환분류인 ICHD - 3의 분류 기준에 따르면 편두통은 진단 기준 B-D를 충족하며, 다섯 번 이상의 통증이 있어야 한다.

B. 시간: 4~72시간(해당됨)

C. 네 가지 중 두 가지 이상: a. 편측(X) b. 박동(X)

　　c. 중증도 이상(O) d. 일상생활 지장(O)

D. 최소 한 가지 동반:

　　a. 구역 및 구토(X) b. 빛 또는 소리 공포(X)

가연이의 경우, D의 조건을 만족하지 않기 때문에 편두통에 해당되지 않는다. 또한 편두통은 다른 명백한 원인(외상, 암, 출혈 등)이 없어야 한다. 질문은 이어진다.

"머리가 어떻게 아파요?"

"지끈거려요."

"어떨 때 아파요?"

"스트레스 받으면요."

"학교 안 가는 날은 어때요?"

"생각해보니까, 쉬는 날은 괜찮은 거 같아요."

"팔다리 한쪽 힘이 빠지거나, 말이 어눌해지거나, 눈앞이 흐려지거나 그런 증상 있어요?" (경고 사인: 위 증상이 있으면 즉시 뇌영상 검사인 CT나 MRI 등이 필요하다.)

"아니요."

양쪽 관자놀이 부근이 지끈거리듯이 아프고, 스트레스 받으면 심해진다. 전형적인 긴장형 두통이다. 흔히 말하는 스트레스 때문. 가연이가 '편두통'이라는 단어를 꺼내는 바람에, 경부고속도로를 타야 하는데 삼천포로 빠졌다가 나왔다.

내가 좋아하는 만화책 『소년 탐정 김전일』에서 김전일은 한 손을 턱에 괸 채 고민하다가, 뭔가를 깨달은 듯 "범인은 바로 이 안에 있다"라고 말하며 자신만만한 표정으로 방 안에 있는 사람들을 쳐다본다. 하지만 만화에서나 그렇지, 실제로 살인은 심한 폭설로 길이 끊긴 산장에서 벌어지지 않고, 용의자들도 한곳에 옹기종기 모여 있지 않다.

그렇기에 형사는 가족과 지인부터 해서, 살인이 일어난 장소 근처에서 탐문 수사를 시작한다. 일명 '노가다'다. 주변 인물과 관련자들을 일단 모두 용의자 선상에 올려두고 조사를 한다. 확실한 알리바이가 있으면 그 명단에서 하나, 둘 제외시킨다.

의사도 형사와 같다. 환자가 머리가 아프다고 오면, 일단 머릿속에 두통을 일으킬 수 있는 질환을 수십 가지 떠올리는 것을 시작으로 용의자를 줄여나간다. 간단한 질문 몇 마디에서 시작하여, 때에 따라서는 피 검사로, 때로는 엑스레이, MRI, CT 등의 영상 검사에서부터 조직 검사까지 이어진다.

형사의 경우, 운 좋게 용의자의 집에서 피 묻은 칼 같은 빼도 박도 못하는 증거가 나오기도 한다. 죄책감에 시달린 가해자가 "제가 죽였어요"라고 실토하기도 한다. 반대로, 수백 명을 동원해서 조사를 했으나 범인을 잡는 데 실패할 때도 있다.

의사도 마찬가지다. CT상에서 좌측 반구에 초승달 모양으로 출혈이 보이면, 100% 경막하혈종(뇌출혈의 일종) 진단을 내린다. 하지만 환자는 계속 머리가 아프다고 하는데 비싼 MRI까지 검사하여도 특별한 이상이 없는 경우도 흔하다.

형사는 해결하지 못한 사건을 미제 사건으로 처리하지만,

의사는 범인이 없는 경우나 증상이 심각하지 않을 경우에는 진통제를 주며 말한다. "약 드릴 테니 좀 지켜보시죠. 괜찮아질 거예요."

그렇게 기다리다 보면 저절로 좋아질 수도 있다는 것이, 반드시 범인을 잡아내야 하는 형사에 비해 의사가 유리한 부분이다.

마지막 2%

이제 마지막 2%가 남았다.

진료실 문이 열리고, 지팡이를 짚은 채 절뚝이며 들어오시는 85세 이동춘 할아버지를 보는 순간, 머릿속에 빨간 경고등이 켜졌다. 얼굴 가득한 주름만큼이나 수심도 가득하다. 우리 병원 방문 자체가 처음인 데다가, 힘들게 걸어 들어오는 모습이 심상치가 않았다. 겨우 한발 한발 떼면서 발을 끌었다. 그것마저도 숨이 찬 듯, 진료실 의자에 앉기까지 꽤 오랜 시간이 걸렸다.

"할아버지, 어디가 불편하세요?"

"어? 뭐라고?"

게다가 귀까지 어두웠다.

"어디가 불편하시냐고요?"

"어지러워. 자꾸."

쿵! 내 머릿속에 뭔가가 떨어졌다. 1차 진료를 담당하는 의사에게 가장 어려운 증상이 무엇이냐고 물으면 단연코 '어지러움'이다. 몸에 기운이 없어도 어지럽다고 하고, 머리가 띵해도 어지럽다고 한다. 번개처럼 확실하지 않고 안개처럼 막연하다. 그런데 사람들은 빈혈, 귀에 돌이 있는 이석증 정도를 떠올리며 단번에 좋아지는 약이나, 영양제를 원한다.

그렇게 쉬우면 좋으련만, 어지러운 원인은 한도 끝도 없다. 크게는 운동을 담당하는 소뇌를 포함한 머리 이상, 평형 감각을 담당하는 귀 이상, 기타 내과적 원인으로 나눌 수 있다. 내과적 문제만 해도, 빈혈부터 해서 심장 문제까지 상당히 광범위하다.

"아 참, 의사 선생, 인생 어렵게 사시네."

인생이 아니라, 의학이 어렵다. 수십 명의 환자가 '어지럽다'로 왔으나, 내려진 진단은 각기 달랐다. 복부 대동맥류 파열, 뇌

졸중, 심근경색 같은 초응급 환자도 있었고, 단순 기립성 저혈압도 있었다. 어지럽다고 해서 응급실로 온 환자가 복부 대동맥류 파열로 30분 만에 죽는 것도 직접 봤다. 빈혈, 부정맥, 뇌종양도 있었다.

고령에 보호자도 없고, 귀도 어두운 데다가 거동이 불편해서 정확한 진찰도 어렵고, 몇 가지 질문을 더 해봤으나 뚜렷한 원인을 찾을 수 없었다. 하지만 오랜 경험에 의한 직관으로 봤을 때, '때깔'이 안 좋았다. 찝찝했다. 무조건 큰 병원으로 보내기로 했다.

'근데 큰 병원 가면, 입원해서 각종 피 검사부터 해서 brain MRI 및 심장 검사까지 주욱 하겠지. 그러면 최소 병원비가 100만 원이 훌쩍 넘어갈 텐데. 보호자도 없고, 큰 병원 가라고 해도 왠지 안 갈 것 같은데. 끙.'

"어르신, 나이가 많으신 데다 몸 상태가 안 좋은 것 같은데, 큰 병원에서 검사를 좀 해보셔야 될 것 같아요."

"엉?"

"큰 병원 가시라고요."

"……"

이동춘 할아버지는 아무 말 없이 지팡이 쥔 손을 부들부들

떨며 힘겹게 자리에서 일어났다. 괜히 미안해진 나는 시선을 컴퓨터로 돌렸다. 할아버지는 왔던 길을 다시 나가면서 혼잣말처럼 중얼거렸다.

"힘들게 여기까지 왔는데…… 아휴…… 가슴도 두근거리고……."

가슴이 두근거린다는 말에 나는 얼마 가지 못한 할아버지를 쫓아 나갔다.

"할아버지, 가슴이 두근거려요?"

"어?"

"가슴이 두근거리시냐고요?"

"어."

"얼마나 되었어요?"

"얼마 안 되었어."

할아버지 손목을 움켜쥐었다. 손목의 요골동맥에서 느껴지는 심장 박동이 불규칙했다. 명백한 부정맥이었다.

"할아버지, 심장이 불규칙하게 뛰는 부정맥이 있어요. 심전도 한번 찍어볼게요. 얼마 안 해요."

"뭐?"

"검사 하나만 하자고요. 얼마 안 해요."

"그래, 그러던가."

심전도는 뾰족뾰족한 QRS파가 불규칙하게 나타나는 부정맥 일종인 심방세동을 그렸다. 할아버지가 진료실에서 나가면서 혼잣말처럼 한 '가슴이 두근거린다'는 한마디가 진단을 내리는 데 결정적인 단서였다.

한번은 어떤 엄마가 아이가 좀 이상하다며 열 살짜리 여자아이를 데리고 왔다. 1년 넘게 동네 병원을 돌아다녔는데 모두들 별다른 이상이 없다고 했다. 그래도 대학병원까지 올 정도니, 불안도 덜어줄 겸 더 많은 이야기를 나누었다. 밥은 잘 먹는지, 운동은 잘하는지, 아픈 데는 없는지 이런저런 대화 중에 어머니가 "라면을 먹다가 쓰러진 적이 있어요"라는 말을 흘렸다. 머릿속에 빨간 경고등이 켜졌다. 바로 그날 MRI를 찍었다. 뇌혈관이 막히는 질환 중 하나인 모야모야병이었다.

세상에서 거짓말을 가장 많이 듣는 직업으로 1, 2, 3위가 검사, 경찰, 판사라면, 의사는 4위 정도 될 듯하다. 학교 가기 싫어서, 치료비 때문에, 숨기고 싶은 비밀이 있어서, 몇 분 후면 거짓말이 뻔히 드러날 텐데도 사람들은 거짓말을 한다. 앞에서 얘기한 재수 중인 여학생처럼 아기가 세상으로 나오기 직전인데도 단순히 배가 아프다고 한다. 자신뿐만 아니라 아기마저 위험에 빠뜨린다.

결론

"아픈 지 얼마나 됐어요?"

"좀 됐어요."

여기서 '좀'은 도대체 며칠일까? 3일? 7일? 보름? 한 달? 몇 개월? 어휴.

의학에서 3주 이내면 급성, 3주~3개월은 급만성, 3개월 이상은 만성으로 구분한다. 같은 통증이라도 지속 기간에 따라 의심 질환이 달라진다. 예를 들면 급성 기침이라면 대개 감기겠지만, 3개월 이상 지속되는 기침이라면 기관지 확장증, 결핵, 폐암 등이 흔하다. 조심스럽게 다시 물어본다.

"정확하게 얼마나 됐을까요? 3일? 7일?"

입으로는 "한 보름 됐어요"라고 말하지만 눈빛으로는 '아니 왜 또 물어봐. 딱 보고 알아차려야지, 응. 그것도 몰라' 하면서 나를 비난한다. 환자의 수많은 말 가운데 불분명한 부분을 다시 명확하게 바로잡는다.

"아파 죽겠어요."

'저렇게 아픈 게 진짜일까? 환자가 예민한 건가? 옆에 있는 사람 들으라고 일부러 과장하는 건가? 그것도 아니면 하나도 안 아픈데 꾀병인가?' 감별해야 한다. 보험이나 상해가 관련되어 있으면 특히나 더 의심해야 한다.

보호자나 다른 사람과 함께 왔다면, 환자가 거짓말을 하거나 특정 사실을 숨길 확률이 높아진다. 출산을 앞둔 재수생이나, 끝까지 성관계를 한 적이 없다고 한 아저씨처럼 말이다.

환자의 수많은 말들을 바로잡고, 의심하고, 거짓말에 속아 넘어가지 않아야 한다. 거짓말을 한 건 아니지만 의도적으로 중요한 사실을 숨기고 있을 수도 있다. 앞의 어지러움증 할아버지처럼 슬쩍 지나가면서 흘리는 말 속에 결정적인 힌트가 담겨 있기도 하다.

많이 듣는다고 좋은 건 아니다. 계속 말을 하게 놔두면 환자는 사업하다 망한 남편 욕, 공부 안 하고 말 안 듣는 자식 이야기, 자기 고향부터 해서 지금까지 살아온 인생극장은 물론이고 '내가 이런 사람인데 말이야'로 시작하는 자기 자랑까지 늘어놓는다. 반대로 '선생님은 고향 어디신고?', '결혼은 하셨는고?', '집은?' 호구조사까지 당하기도 한다. 오히려 배가 산으로 가버린다.

환자의 말을 '진료에 도움이 되는 말', '쓰잘데기없는 말', '거짓말' 그리고 '결정적인 단서'로 분류하고, 동시에 '숨기거나 말하지 않은 사실'까지 추론하면서, 수십, 수백 가지 용의자를 지워나간다. 그렇게 범인을 찾아야 한다. 설령 환자들이 의사를 속이려 하고, 또 가끔은 그 거짓말에 속아 넘어가서 화가 나더라도, 사람에 대한 애정과 신뢰를 포기하면 안 된다. 그렇기에 의사는 힘들고 어렵고 슬픈 직업이다.

어떤 해부학 교수님이 해주셨다는 말이 떠오른다.

"앞으로 너희들을 이해해주는 건, 같은 의사들밖에 없을 것이다. 심지어 가족들조차도 너희를 이해 못 하고, 너희 의견에 동의하지 못할 것이다. 의사가 아니기 때문이다."

그래도 나는 이런 의사들을 이해해줄 사람이 있을 거라고 믿기에 글을 쓴다.

의사 선생님, 질문 있어요!

2

"시체 해부는 해봤나?"

의대에 들어가면, 친구들이 술자리에서 가장 많이 묻는 말은 이거다.

"너, 시체 해부해봤나?"

집안 형편이 넉넉하지 않아 대학교 때 과외를 많이 했는데, 여학생들은 꼭 "선생님, 시체 해부해봤어요?"에 "으, 안 무서워요?"를 덧붙인다. 10년 전에 대답한 게 마지막인데, 추억도 살릴 겸 다시 써본다.

그럼, 아이가. 처음에 해부 실습실 철문이 열리는 순간 가장 먼저 차가우면서도 따가운 포르말린 냄새가 코를 통해 온몸 구석구석 파고들어. 냄새만 맡았을 뿐인데 나도 모르게 몸이 부들부들 떨리며 닭살이 돋아. 비릿하면서도 찌릿하고 축축하면서도 섬뜩한 그 냄새는 평생 잊지 못할 거야. 혹시나 어떤 미치광이가 시체라도 훔쳐갈까 봐, 10cm나 되는 철문을 항상 엄청 두꺼운 쇠사슬로 잠가두지. 혼자서는 꿈쩍도 안 하는 차가운 철문을 남자 몇 명이서 달라붙어 간신히 문을 여는데, 그 소리 있잖아, 칠판을 손톱으로 긁는 듯한 '찌이익' 소리. 학생들은 귀를 막아보지만 그 소름 끼치는 소리는 온몸을 파고들지.

덩치 큰 남자들이 겨우 문을 열고, 떨어지지 않는 발을 겨우 떼서 해부 실습실에 들어가는 순간 약속이나 한 듯 100명 넘는 학생들이 아무도 입을 열지 않아. 지하도 아닌 1층에다 형광등을 수십 개나 켜놓았는데도 이상하게 어두침침해. 열 구가 넘는 시체들이 허리 높이의 차가운 돌바닥 위에 놓여 있어. 그럴 리 없는데, 어두운 조명과는 반대로 시체들에서는 빛이 나는 것 같아.

시체에 가까이 가면 갈수록 학생들 머릿속은 하얗게 변하지. 다들 살아오면서 장례식장은 한두 번 가봤겠지만, 죽은 자의 몸을 이렇게 가까이서 보는 건 처음이거든. 아무도 소리를 내지 않아. 소리라도 내면, 누워 있는 시체가 차가운 손으로 자신의 팔을 '콱' 잡기라도 할까 봐 미동조차 없어.

시간이 정지된 순간을 느껴본 적 있어? 난 평생 동안 딱 한 번 느꼈는데 이때야. 어떤 소리도 안 들리고, 죽은 자뿐만 아니라 산 자도 움직이지 않아. 얼마나 시간이 흘렀을까. 모든 게 정지된 그 순간을 깨는 건 어디선가 들리는 '끼익' 소리지.

그 '끼익' 소리와 함께 무지하게 키가 큰 창백한 얼굴의 해부학 교수님이 나타나. 한 손에는 흰색 지팡이를 든 채 다리를 절면서. 사람 뼈로 만든 지팡이라고 하는데 컴컴한 해부 실습실에서 빛이 나는 건 해부학 교수님의 하얀 지팡이와 시체 말고는 없어.

교수님은 아무 말 없이, 학생들을 한번 쭉 훑어봐. 마치 다음 죽을 사람을 고르는 듯. 학생들은 숨소리마저 죽인 채 교수님 시선을 피하기 급급해. 그러다 몇 분 만에 해부 실습실에 사람 목소리가 들려. 낮으면서도 묵직한, 마치 죽은 사람 입에서 나오는…….

"무엇들 하고 있나?"

그제야 학생들은 귀신에 홀린 정신을 차리지.

"와, 니도 한번 와볼래?"

친구들은 고개를 설레설레 흔들며, 됐다고 한다. 첫 주만 이렇다. 본과 1학년 1학기, 해부학만 무려 8학점이다. 학점에 비해 수업 시간은 더 많다. 강의는 주 3회, 한 회에 두 시간씩. 실습 시간은 오후 2시부터 5시 30분까지. 월, 수, 금, 주 3회다. 강의와 실습 시간을 합쳐 한 주에 열다섯 시간이 넘는다.

익숙함이란 참으로 무섭다. 처음에는 제대로 쳐다보지도 못하던 시체에 시간이 지나면 점점 무덤덤해진다. 초반에는 누구하나 선뜻 메스를 잡으려 하지 않아, 유급당한 복학생 형이 그래도 작년에 한 번 해봤다고 거의 등 떠밀려 메스를 잡았는데, 어느 순간부터 학생들은 복강 안 구조물을 조금이라도 더 잘 보기 위해서 배 안에 머리를 거의 다 들이밀고 있다.

후각은 감각 중에 가장 먼저 지친다. 첫날이 지나면 다음부터는 해부 실습실에 들어갈 때만 움찔한다. 세 시간이 넘는 긴 오후 실습 중에 시체와 팔을 나란히 하고 옆에서 엎드려 조는 학생도 있다. 3시 30분에 있는 쉬는 시간에 학생들은 매점에 가서 간식을 먹는다. 날이 서서히 더워지는 5월 말이면 간식은 주로 아이스크림이다. 매점에 가면, 몸에 밴 포르말린 냄새 때문인지, 사람들은 자기도 모르게 얼굴을 찡그리며 학생들을 피

한다. 처음에는 사람들의 그런 반응이 신경 쓰였지만 그것도 잠시뿐, 냄새 덕분에 사람들이 물러서기에 붐비는 매점에서 누구보다 먼저 간식을 살 수 있다.

해부학 실습을 마칠 때 즈음 되면 초복이 다가온다. 초복에는 항상 병원 주위 삼계탕 집에 의대생들이 줄을 선다. 일종의 연례행사이다.

학생들은 닭뼈를 바르며 "이건 사람으로 따지면 humerus(상완골)겠다. 여기는 greater tuberosity(큰 융기)고, 여기에 subscapularis(견갑하근), supraspinatus(극상근), infraspinatus(극하근), teres minor(작은 원근)가 붙겠네. 오호, 이건 닭의 supraspinatus(극상근)네" 따위를 지껄이며, 닭과 사람의 구조를 비교하는 재미에 빠져 닭의 맛을 전혀 느끼지 못한다.

추가 질문.

"수술방에서 피는요? 피 보고 쓰러지는 사람 없어요?"

없다. 시체에도 적응해서 옆에서 자는 게 의대생인데 수술방은 곧 익숙해진다. 피를 보고 쓰러지지 않지만 가끔 수술방에서 졸다가 넘어지는 경우는 있다.

"야, 니 무슨 과고?"

본과 3학년, 하얀 가운을 다려 입고 청진기를 목에 걸고 첫 실습을 나갔다. 정신과였다. 친구들은 "니 같은 또라이가 누구를 고친다고? 네가 먼저 치료를 받아야지"라며 비웃었지만, 나는 그때 간절히 정신과를 하고 싶었다. 여름 방학 동안 아무도 시키지 않았지만, 700페이지가 넘는 갈색 표지의 신경정신의학 책도 노란 형광펜을 칠하며 두 번이나 읽었다. 다중인격장애를 소재로 한, 존 쿠삭 주연의 「아이덴티티」와 리처드 기어와 에드워드 노튼 주연의 「프라이멀 피어」도 다시 한 번 보면서 방학이 끝나고 있을 정신과 실습만을 기다렸다.

실습 첫날, 나와 실습 조원들은 정신과 병동 입구에 서 있었다. 해부학 실습 이후로, 오랜만에 보는 철문이었다. 철문 옆의 인터폰을 눌렀다.

"PK(Poly Klinic: 실습 나온 의대생)입니다."

"철컥."

문의 잠금 장치가 해제되었다. 우리는 문 안으로 걸어 들어갔다.

내 눈에 처음으로 들어온 건, 병동 복도를 걷고 있는 수십 명의 환자들이 아니었다. 창문에 달려 있는 쇠창살이었다.

'어, 뭔가 이상하다.'

멈칫하는 순간, 우리 뒤에 있던 철문이 '철컥' 하고 다시 닫혔다. 그 철문이 닫히는 순간, 정신과 의사를 꿈꾸던 내 꿈도 '철컥' 끝나고 말았다. 내가 머릿속에 그렸던 정신과가 아니었다.

그 후로 무슨 과를 할지 정하지 못하고 방황할 때, 친구들이 "니 무슨 과 할 거고?" 물어보면 "산부인과 하려고. 나중에 결혼하면 아내 데리고 오너라. 잘 봐줄게." 대답하기 귀찮아 일부러 이렇게 대답했다. 그러면 친구들은 두 번 다시는 같은 질문을 하지 않았다.

의대를 졸업하고, 의사 면허증을 따고, 국방의 의무를 대신해 산청에 공중보건의로 갔다. 산골 마을이라 하루 평균 겨우 열 명의 환자가 왔다. 그것도 매일 오시는 할머니, 할아버지였다. 감기, 설사, 퇴행성 관절염, 두드러기가 대부분이었다. 좁은 진료실에서 비슷비슷한 환자를 보면서 하루 종일 앉아 있어야 된다고 생각하니 좀이 쑤셨다. '외과를 할까? 좀 덜 지겨울까?' 하는 생각도 해보았다.

수술도 드라마나 영화에서나 극적이지, 실제로는 몇 시간

동안 아주 천천히 진행되었다. 꼼꼼히 한 번에 몇 mm씩 조직을 떼어내고, 조금이라도 출혈이 발생하면 전기 소작기인 보비로 지졌다. 호두보다 약간 큰 갑상선 하나를 떼어내는 데도 몇 시간이 걸렸다. 응급 수술이나 외상이 아니고서야, 피가 의사 얼굴에 튀면 그건 실수로 동맥을 잘랐을 때였다. 아참, 그리고 나는 손재주라고는 찾아볼 수 없는 곰손에다가 자극성 장증후군도 있어 조금만 긴장하면 배가 아프고 설사가 나와서 화장실로 달려가야 했다.

공중보건의 2년 차가 되었고, 나는 산청군 의료원 야간진료실로 발령이 났다. 인구 3만 5천 명인 산청군에서 발생하는 모든 응급 환자들이 몰려왔다. 산청은 높은 지리산과 맑은 경호강을 품고 있어서 사람들은 뱀에 물리기도 하고, 낚시를 하다가 물살에 휘말리기도 했다. 칼이 아니라, 낫에 배를 찔린 환자도 있었다.

외래가 교통 경찰관이 신호 위반, 주차 위반 딱지를 떼는 거라면, 응급실은 형사가 눈앞의 강도와 살인범을 뒤쫓는 것과 같다. 순간적인 상황 판단과 재빠른 조치로 환자가 죽다 살아났다. 고혈압, 당뇨 같은 병은 평생 약을 먹어야 하는데, 어깨나 팔꿈치, 턱뼈가 빠진 사람들은 정복만 해주면 마술같이 바로 좋아졌다. 내 몸에 에피네프린과 엔도르핀이 막 넘쳐났다. 길에 쓰러진 환자가 주사 한 방으로 벌떡 정신을 차렸다. 특정 물질에 의한 심한 과민반응인 아나필락시스일 때, 에피네프린을 주면 금세 좋아졌다. 저혈당일 때는 포도당을 수액으로 투여하면 오락가락하던 환자가 곧바로 의식을 차렸다. 마치 마법과 같았다. 가슴 두근거리는 일이 넘쳤다. 앰뷸런스의 녹색 빛이 반짝이고, 사이렌 소리가 요란하게 울렸다. 드라마틱했다. 지겨울 틈이 없었다.

'그래, 이거야, 가슴 뛰는 응급의학과를 하자.'

그렇게 다짐을 하고 2년 후 결혼을 했다. 결혼한 지 4개월 만에 아내가 임신을 했다. 응급의학과 특성상 밤을 새우는 일이 많고, 술 취한 환자들에게 맞는 일도 흔했다. 이미 응급실에서 멱살도 몇 번 잡혔다. 아내와 곧 태어날 아이에게 멋진 남편, 멋진 아빠가 되고 싶었다. 아내의 배가 불러올수록, 응급의학과에 대한 꿈이 식어갔다.

똑같은 환자를 보기는 싫었다. 스페셜리스트는 어느 과든 상관없이 비슷한 부위와 거의 유사한 환자군을 본다. 신경과는 주로 고령의 사람들만 본다. 질환으로는 뇌경색, 치매이고, 두통과 어지러움이 주 증상이다. 소아과는 매일 아이들만 본다.

매일매일 새로운 자극과 도전이 필요했다. 모든 과를 두고 곰곰이 생각했다. 어린아이부터 할머니, 할아버지까지, 간단한 아토피 같은 피부 질환에서부터 간암, 폐암까지 광범위한 질환을 볼 수 있는 가정의학과가 나에게 어울릴 것 같았다. 축구로 따지면 최전방 공격수보다, 멀티플레이어가 적성에 맞았다.

결론적으로 말하자면, 나에게는 최선의 선택이었다. 우리 딸 같은 아이들에서부터, 우리 어머니 같은 할머니까지, 아이의 출산부터 해서 죽음을 앞둔 호스피스 환자까지 볼 수 있었다. 또한 사람이 가진 '질병'이 아니라, 질병을 가진 '사람'을 볼 수 있었다.

"우리 애가, 우리 어머니가⋯⋯, 어떻게 해야 하노?"
(병원에 가야 하나? 검사를, 입원을 꼭 해야 하나?)

밤에 급하게 친척이나, 친구 전화가 오면 99%가 이런 전화다. 먼 친척이나, 1년에 한 번도 연락을 안 하던 친구가 "어, 잘 지내지? 별일 없제? 근데 있잖아, 내가 물어볼 게 있어 전화를 했는데"로 시작해도 똑같다.

"우리 애가 뜨거운 물에 데었는데, 우째야 되니?"

"아들아, 몇 달 사이에 내가 살이 좀 빠진 것 같다."

"아들, 잘 지내지? 아빠가 얼굴에 상처가 났는데 어떻게 해야 하노?"

안타깝지만 나는 증상에 대해서 더 물어보고, 어림짐작으로 "OO 질환이 의심되는데, 병원에서는 OO 검사하고, OO하자고 할 거예요"로 시작해서 결론은 "일단 병원 가서 진료를 보세요"로 끝이 난다. 거기서 더 나아가면 "OO과 가시면 될 것 같아요"가 전부다. 직접 보고 듣고 누르고 만지지 않으면 알 수가 없다. 의사가 원격진료를 반대하는 가장 근본적인 이유는 안 보면 모르기 때문이다.

"병원에서 내시경 한번 해보자는데."

"우리 아기 열이 나서 응급실 왔거든. 입원해서 지켜보자는데 어떻게 하면 좋노?"

"애가 경기를 일으켜서, 저번에 네가 추천해준 교수님한테 진료를 봤거든. 뇌파 검사를 하자는데 해야 되나?"

병원에서 OO 검사를 하자는데, 꼭 해야 하냐고 묻는 경우도 흔하다. 검사라는 게 번거롭고, 비용과 시간이 많이 든다. 이

142

럴 때는 신중하게 대답할 수밖에 없다.

일단 나에게 다시 물은 것 자체에 '안 했으면' 하는 바람이 담겨 있다. 하지만 하지 말라고 했다가 나중에 큰 질환이라도 뒤늦게 발견되거나, 치료 시기를 놓쳐 상태가 안 좋아지면 평생 나를 원망할 수도 있기에 조심스럽다. 자세하게 물어보고 어지간하면 "그냥, 안심하는 셈 치고 해보는 게 좋을 것 같은데……"로 끝난다.

가끔 특정 교수님 진료를 조금 빨리 볼 수 있도록 해달라거나, 입원시켜달라고 하는 경우도 있는데, 대학을 떠나온 지 꽤 되어서 아는 사람도 없고, 김영란법으로 그런 청탁도 이제 법으로 금지다.

"선생님은 왜 머리가 없어요?"

산청에서, 지리산 아래 덕산 통합 보건지소에서 근무를 하고 있을 때였다. 할머니 한 분이 진료실 문을 열고 들어오시자마자, 나를 보며 두 손을 모아서 합장을 하셨다.

"아니, 스님이 의사네."

'끙.'

유럽에서는 꽤 흔한 헤어스타일이고 22세기 표준형인데, 한국에서는 낯설어한다. 나를 보고 자기도 모르게 깜짝 놀라고서는, 곧 미안한 표정을 짓기도 한다. 하지만 아이들은 숨김이 없다.

"와, 대머리다"로 시작해서 "선생님은 왜 머리가 없어요?", "머리 한번 만져봐도 돼요?"로 끝난다. (우리 딸도 심심하면 "아빠는 왜 머리가 없어?" 그런다.) 물어보면 다행이고, 내가 청진을 하는 동안 손을 뻗어 내 머리를 만지는 아이도 있다.

아이들에게는 "선생님이 머리가 아파서 그렇단다"라고 설명해주지만, 사실은 머리카락이 나를 완전히 배신하기 전에 내가 먼저 헤어지기로 결심하고 빡빡 밀었다. 나는 안 팔리는 책을 네 권이나 쓴 작가이고, 10년 경력 의사이자, 주희 아빠이고, 윤정이 남편인데, 사람들은 그냥 나를 '대머리 의사'라고 생각한다. 여간 슬픈 일이 아닐 수 없다.

+++ 뒷이야기 +++ "중이 제 머리 못 깎는다"라는 속담은 거짓말이다. 나는 일주일에 두세 번씩 10년, 벌써 500번 넘게 손수 내 머리를

144

직접 밀고 있다. 다만 사람들은 대머리이면 머리를 감을 필요도 없고, 드라이기로 말릴 필요도 없고, 미용실 갈 필요도 없으니 편할 거라고 생각한다. 그러나 사실은 여간 귀찮은 게 아니다. 일주일에 두세 번 면도를 해야 한다. 면도날과 면도젤 값만 매달 2만 원 정도 나온다. 게다가 여름에 깜빡 잊고 모자를 안 쓰면, 얼굴뿐만 아니라 머리까지 햇볕에 익어 뻘겋게 변한다. 각별히 조심해야 한다. 내 머리, 아니 얼굴, 아니 머리는 소중하니까. (얼굴, 이마, 머리의 경계가 애매모호해서 나도 가끔 헷갈린다.)

사람들이 똑같이 생겼다고 해서 더 상처받는 그림

두드리다

打

정파 무림 고수의 몰락

$$\text{—∿—}$$

1

의사가 검사를 권하는 이유에 대한 고찰 – 첫 번째

논산 훈련소의 병영장을 가득 채운 건 젊은이가 아니라 늙은이였다. 어떻게 된 일인지 훈련생 모두가 조교보다 나이가 많았다. 조교는 기껏해야 스물한 살에서 스물세 살이었는데, 가장 어린 훈련병이 스물여섯 살이었다. 우리들은 논산 훈련소에 입대하는 가장 최고령 훈련병이었다. 전문의를 딴 형들은 중대장보다 나이가 많았다.

다들 나이도 많은 데다, 젊은 20대 초반 훈련병들이 받는 6주 과정을 4주 만에 압축한 스케줄을 소화해야 했다. 훈련 강도는 1.5배 아니 2배 이상으로 셀 수밖에 없었다. 머리가 굵다 못해 탈모가 시작된 일부 훈련병들은 각종 질병을 들먹이며, 훈련 때마다 조교에게 열외를 주장했다.

의사들은 화생방에서 천식, 모세기관지염, 알레르기성 결막염에, 만성 폐쇄성 폐질환이 있다고 주장했다. 가장 힘들다는 야간 행군에는 디스크는 기본이요, 반월상 연골 파열(무릎에 있는 일종의 충격판 손상), 심지어는 심장 판막 질환 중 하나인 승모판 탈출증까지 등장했다. 너무 많은 훈련병이 열외를 주장하자 당황한 어린 조교는 훈련병들에게 제발 훈련에 참여해달라고 거의 빌다시피 했다.

하루는 실내 강의 시간에 졸고 있는데, 누가 내 어깨를 뒤에서 주물럭거렸다. '아, 졸려 죽겠는데 누구야' 하며 잠이 덜 깬 채 고개를 뒤로 돌리니, 무궁화 세 개가 달린 모자를 쓴 아저씨가 내 어깨를 주무르며 웃고 있었다. 나도 그냥 씩 웃어주었다. 현역이었던 친구들한테 이야기하니, 그런 일이 발생하면 소대는 물론 중대 전체가 기합을 받는다고 했다. 무궁화 세 개면 대령으로 연대장이란다. 근데 연대장이 뭐지? 연대의 대장인가?

근데 연대는 연세대 나온 장교 말하는 거야?

　어린 조교들은 늙은 훈련병을 힘들어했다. 전문의 훈련병들은 서른이 넘었다. 조교들에게 형이라기보다 삼촌뻘에 가까웠다. 나이뿐만 아니었다. 인생 경험이라면 병동과 응급실에서 삶과 죽음의 경계를 넘나들던 사람들이었다. 사회생활이라면, 병원 바닥에 붙은 껌보다 못한 인턴 생활 1년에, 군대보다 더 긴 레지던트 과정을 겪었다. 어린 조교가 아무리 빨간 모자를 푹 깊게 눌러써서 눈빛을 가리고, 목소리를 굵게 낸들 그들을 이길 수 없었다. 20대 초반의 어린 조교가 30대 초반의 능글맞은 훈련생들에게 무너지는 것은 시간문제였을 뿐, 승패는 이미 결정 나 있었다.

　훈련이 얼마 남지 않았을 무렵, 훈련병들은 어느 정도 조교와 친해졌다. 훈련병들은 조교의 어깨에 팔을 얹으며 "니 얼마 남았노? 8개월? 많이 남았네. 휴가 나오면 꼭 연락해라. 좋은 곳에서 단란하게 술 한번 먹자. 내가 쏠게"라며 다독였다. 신분을 망각한 조교가 "정말 약속하셨습니다. 제가 휴가 나가면 꼭 연락드리겠습니다" 하며 간절한 눈빛으로 훈련생, 아니 삼촌의 연락처를 적어 갔다.

　짧은 봄날은 잘 흘러갔다. 벚꽃이 질 무렵, 유격 훈련이 있었다. 천 명이 넘는 훈련병들이 유격 훈련장을 가득 채웠다. 1분 훈련을 위해서 59분을 기다려야 했다. 지루함과 권태가 늙은 훈련병들 사이에 만연했다. 다들 뭔가 재미난 일 없나, 주위를 두리번거렸다.

그때였다.

"정형외과 선생님 있습니까?"

훈련장에서 빨간 모자를 쓴 조교의 목소리가 울려 퍼졌다.

'정형외과 의사는 다 군의관으로 끌려갔을 텐데, 있으려나?'

군대에서 가장 필요한 의사는 정형외과 의사이고, 가장 필요 없는 과가 소아과, 산부인과이다. 군대가 아무리 무에서 유를 만들어낸다지만, 남자들끼리 아이를 낳을 수는 없었다. 군대에서 워낙 다치는 일이 많다 보니, 정형외과 전문의는 거의 대부분 군의관으로 선발된다. 공중보건의로 발령받고 시골로 가는 건 하늘의 별 따기이다. 천 명이 넘는 의사 가운데 딱 한 명이 손을 들었다. 사람들이 웅성거리기 시작했다.

"와, 정형외과가 있네. 공중보건 의사로 가는 정형외과 의사는 병신 아니면 고자라던데."

사람들이 키득거렸다.

"아이다. 저건 100% 빽이다, 빽. 아버지가 장군일 기다."

"다 필요 없다. 그냥 운이지. 세상에 운 좋은 놈을 이기는 놈 없다 안 하더냐."

심심한 사람들이 나름 온갖 추측을 해댔다. 의사들은 소리가 난 곳으로 하나둘 모여들었다. 각 과 의사마다 특징이 있다. 외과 의사는 대개 덩치 크고 힘 좋게 생겼고, 내과 의사는 몸이 작고 꼼꼼하게 보인다. 외과 의사가 멧돼지나 불곰이라면, 내과 의사는 여우다. 외과에 속하는 정형외과 의사는 정과 망치를 들고, 뼈를 자르고, 쇠못을 박는다고 일명 '목수'로 통한다.

정형외과 의사가 자신을 부른 곳으로 걸음을 내디뎠다. 모세가 홍해를 가르듯, 사람들이 물러나면서 저절로 길이 생겼다. 천 명의 의사 중 유일한 정형외과 의사는 사람들의 예상을 깨고, 너무나 평범했다.

"멀쩡하게 생겼네. 고자나 병신은 아닌데. 역시 빽인가."

누군가가 들릴 듯 말 듯 말했다. 정형외과 의사는 그 말을 듣지 못한 듯 가던 길을 계속 갔다.

한 훈련병이 발목을 움켜쥔 채 앉아 있었고, 그 주위로 몇몇 의사가 모여 있었다. 발목이 삔 경우, 굳이 정형외과 의사까지 필요하지 않다. 응급의학과 전문의나, 응급실 진료 경험이 있는 의사 정도면 충분했다. 하지만 무림에서 정파가 등장하면,

사파와 마교는 물러나야 했다. 그전까지 아픈 훈련병 주위에 몰려 있던 다른 의사들이 슬금슬금 뒷걸음치며 자리를 피했다.

검은 얼굴을 빨간 모자로 가린 조교가 말했다.

"발목을 삐었다는데 한번 봐주십시오."

정형외과 의사가 자세를 낮춰 한쪽 무릎을 꿇고, 오늘은 환자가 된 의사 발을 만졌다.

"야, 역시, 정형외과 의사라 발을 잡는 자세가 다른데."

"피지컬(physical exam: 신체검사) 하는 게, 뭐가 달라도 다르네."

"나도 응급실에서 발목 삔 환자 많이 봤는데, 뭐 똑같네."

"어허, 야매인 니가 낄 때가 아니다."

"저게 교과서에서만 보던 앤테리얼 드로우(anterior drawer, 전방 끌기 검사: 발목의 인대 중 하나인 전거비인대 손상을 확인하는 검사) 테스트인가?"

무던하게 생긴 정형외과 의사는 사람들의 웅성거림에는 전혀 신경을 쓰지 않은 채, 환자 발목을 잡고, 이렇게도 해보고 저렇게도 해보았다. 몇 분이나 지났을까, 비로소 정형외과 전문의가 환자 발목에서 손을 놓았다.

옆에서 한참을 기다리던 조교가 근심 어린 목소리로 물었다.

"뼈가 부러졌나요?"

그 말에 갑자기 주위가 조용해졌다. 수백 명의 의사가 단 한 명뿐인 정형외과 의사를 주시했다. 모두가 숨죽이고, 그의 결정을 기다렸다.

정형외과 전문의는 느리지만, 확실한 목소리로 말했다.

"엑스레이 찍어봐야 압니다."

그 말이 끝나기가 무섭게 주위가 시끄러워졌다.

"나도 그런 말 하겠다. 누가 저런 말 못 해?"

"야, 정형외과 의사도 별거 없네."

"내가 맨날 응급실에서 하는 말이랑 똑같네."

"사진 찍으면 또 판독 필요하다면서 영상의학과 의사 부르는 거 아냐?"

정형외과 의사는 그 후로 말이 없었고, 사람들의 웅성거림은 더 커져갔다. 몇 초 전까지만 해도 두려움과 경외감으로 가득 찼던 천 명의 시선이 곧바로 멸시와 경멸로 바뀌었다.

그 검사 꼭 해야 돼요?

---⋀⋁---

2

의사가 검사를 권하는 이유에 대한 고찰 – 두 번째

갑작스럽게 추워진 11월 늦가을이었다. 날씨는 벌써 영하로 떨어지고, 때 이르게 A형 독감이 유행했다. 내 딸과 같은 나이인 만 5세 4개월의 김서현이 접수되었다. 의학은 과학이고, 과학은 수학이니, 환자도 숫자로 나타낸다.

109cm, 25kg, 38.2℃.

'키는 평균이고 체중은 97P 정도니까, 고도비만이네. 38.2

도니까, 열나서 왔겠군.'

내원 기록을 살펴보니, 2016년까지는 우리 병원을 자주 다녔는데, 내가 근무를 시작한 2017년에는 한 번도 병원을 방문한 적이 없다가, 2018년 6월 11일에 한 번 다녀갔다. 그 나이에 그동안 안 아팠을 리는 없고, 이사를 갔거나, 이런저런 이유가 있어서 병원을 옮겼을 것이다.

진료실로 들어온 여자아이는 호빵처럼 생긴 얼굴에 머리를 뒤로 길게 땋았는데, 귀여웠다. 같이 들어온 30대 중반으로 보이는 어머니는 뚱뚱한 딸에 비해 몸도 마르고 얼굴도 작아서 왜소해 보였다.

"열이 좀 나는데, 어떻게 왔어요?"

"그러니까, 우리 서현이가요, 일요일 오후 2시부터 열이 나고 목이 아파서 근처 병원을 갔었는데 중이염이 있고 목이 좀 부었다고 했거든요. 그런데 설사를 조금 하더니, 오늘이 목요일인데도 열이 안 떨어지더라고요. 오늘도 계속 설사하고요."

"그래요? 설사는 하루에 몇 번 했어요?"

"한 한두 번?"

열을 동반한 설사라면 하루에도 몇 번이나 하기에 장염에 의한 발열은 배제했다.

"일, 월, 화, 수, 목, 오늘까지 5일째니까 열이 오래 나기는 하네요. 독감 검사는 했나요?"

"네. 했는데, 아니라고 하더라고요."

"일단 좀 볼게요."

아이 두 명 중 한 명은 기침, 콧물, 가래 같은 호흡기 증상으로 온다. 네 명 중 한 명은 배가 아프거나, 설사, 구토 등의 소화기 증상을 호소한다. 여덟 명 중 한 명은 열이 나서 온다.

부모님들은 열나면 "목이 부었나요?"라고 묻지만, 열나는 원인이야 단순 감기, 독감, 장염에서부터 홍역, 수두, 돌발진, 요로 감염, 뇌수막염 등 수천 가지나 된다. 오죽하면 입원해서 3주간 병원 내에서 검사를 다 했음에도 의사들이 원인을 찾아낼 수 없는 경우를 따로 '불명열'이라고 이름을 붙였을까. 발열은 의사를 찾게 되는 흔한 증상 중 하나지만, 정확한 이유를 찾기가 쉽지 않다.

진찰을 하는데, 아이가 자꾸 피한다. 특히 코와 입을 보려고 하니, 계속 고개를 돌린다. 온몸으로 저항하는 25kg이나 되는 아이를 컨트롤하기가 쉽지 않다. 땀이 난다. 어머니 말로는 독감 검사를 해서 그렇단다. 음, 엄청 아프고 불편했겠군.

"선생님은 주사도, 코도 안 찌른다."

무서워 계속 피하는 서현이를 몇 번이나 같은 말로 다독이고 손을 펼쳐서 주사가 손에 없음을 보여준 후, 겨우겨우 진찰을 했다.

아이의 진찰 순서는 위로 시작해서 아래로 끝낸다. 귀 → 코 → 입 → 목 → 가슴(청진) → 손이나 발 순이다. 그래야 하나라도 빠뜨리지 않는다.

오른쪽 귀에 중이염은 있으나 심하지는 않고, 콧물은 조금, 구강과 편도는 괜찮고, 목에 림프절은 정상이다. 가슴에도 발진은 없고, 청진기로 들어보니 심음과 폐음은 괜찮다. 누워서 배를 눌러보고 등을 두드려보아도 이상 없고, 손에 발진도 없다. 혹시나 해서 BCG 접종한 부위도 확인해보니 정상이다.

만 4일간 열난 아이치고 얼굴이 별로 아파 보이지 않는다. 어머니와 대화를 하는 동안에도 아이는 열심히 진료실을 두리번거린다. 창문으로 가서 바깥도 보고, 책장에 있는 뽀로로와 친구들도 가지고 논다.

"그쪽 병원 다니면서 항생제도 바꿔가면서 세 번이나 갔었는데, 오늘 가니까 응급실 가라고 해서 왔어요."

'어, 여기는 응급실이 아닌데.'

머릿속에 빨간 경고등이 켜졌다.

"항생제는요?"

"아목O란듀오, 그다음엔 세파 뭐라는 항생제였어요."

"네, 맞아요. 다른 병원 가도 그렇게 써요. 가장 기본적인 항생제 아목시실린계 쓰고, 효과 없으면 용량을 증량시키거나, 3세대 세파계 쓰거든요. 그건 어딜 가나 마찬가지예요."

"굳이 큰 병원 응급실까지 가야 되나요? 애가 저렇게 멀쩡한데."

"……"

그전에 본 뉴스가 머릿속에 떠올랐다.

〈뇌염 의심하고도 다음 날 치료 "병원 손해 배상하라"〉*

구토 및 발열, 두통으로 뇌수막염이 의심되어 대학병원에 아이가 왔다. 다만 내원 당시 열이 없어서 일단 해열제와 항생제를 투여하면서 지켜보았고, 나중에 열이 나서 뇌수막염 검사를 했다. (척추에 10cm 크기의 바늘을 찔러 넣는, 옆에서 부모님이 보면 기겁을 하는 검사이지만, 대학병원 소아과에서는 하루에도 몇 번씩 하는 검사다.) 법원에서는 뇌수막염 검사를 여섯 시간 늦게 했으니, 병원 잘못이고 손해 배상하라는 대법원 판결이었다.

---

* 메디칼타임즈 2018년 11월 20일 온라인판, 이인복 기자

2003년에 발생한 사건이 무려 15년이 지나, 대법원 판결이 난 것이었다. 머리가 지끈거린다.

환자 어머니의 입장

보호자가 첫 번째 의사가 권유한 대로 응급실로 안 가고 나를 찾은 이유는 대략 세 가지이다.

1. 큰 병원 응급실이 싫다(번거롭고 귀찮다).

응급실에서는 수많은 사람들이 고통으로 비명을 지르고, 녹색불을 깜빡이는 앰뷸런스 뒷문이 열리면서 "응급이에요"라고 피를 토하는 환자가 실려 온다. 생각만으로도 몸이 잔뜩 움츠러든다. 긴장되는 그곳에 가면 의사들이 "혹시나 모르니까 검사를 해봅시다"라며 잔뜩 심각한 표정으로 말한다. 오래 기다려야 하고, 각종 검사를 하고, 또 입원하자고 할지도 모른다. 지옥 같은 응급실에서는 1분도 있기 싫은데 거길 가라니. 여간 번거롭고, 귀찮은 일이 아닐 수 없다. 혹시나 입원이라도 하게 되면, 다니던 회사는 어떻게 하고, 간병은 누가 하고, 집안일은 또 누가 하지. 생각만 해도 머리가 아파온다.

2. 첫 번째 의사를 신뢰하지 않을 수 있다.

이미 세 번이나 병원에 갔는데도 불구하고 아이는 계속 열이 났다. 의사의 진단이나 치료가 틀렸다고 생각했을 수도 있다. (근거: "굳이 큰 병원 응급실까지 가야 되나요? 애가 저렇게 멀쩡한데.")

3. 자신이 듣고 싶은 대답 또는 미리 내린 결론("큰 병원에 안 가도 돼요. 괜찮을 거예요. 굳이 검사 안 해도 돼요")을 말해줄 의사를 찾아온 것일 수도 있다.

귀찮게 대학병원 안 가도 되고, 큰 병 아니라고 자신을 안심시켜주고, '대학병원을 갈까, 말까' 하는 고민으로부터 단번에 벗어나게 해줄 그런 의사를 말이다.

의사의 입장

1. 두 번째 의사인 나도 응급실을 가라고 했을 때

진찰한 의사 두 명 모두 검사가 필요하다고 했을 때, 보통 부모라면 검사를 안 할 부모는 없다. 즉 무조건 응급실을 갈 것이다.

ⓐ 검사(또는 입원)하고 큰 병 없는 것으로 밝혀졌을 때

⇒ 첫 번째 및 두 번째 의사 모두 보호자의 신뢰 하락. 다만 의사는 법적 책임 없음

ⓑ 심각한 질환으로 밝혀졌을 때

⇒ 첫 번째, 두 번째 의사 모두 신뢰 상승

2. 두 번째 의사인 내가 괜찮으니 좀 더 지켜보자고 했을 때

ⓐ 지켜보고 정상이었을 때

⇒ 첫 번째 의사 신뢰 하락 및 두 번째 의사(나)에 대한 신뢰 상승

ⓑ 지켜보았는데 상태가 나빠졌을 때

⇒ 첫 번째 의사에 대한 신뢰 상승

⇒ 두 번째 의사(나)에 대한 신뢰 하락 +

보호자가 "첫 번째 의사가 큰 병원 가라고 했는데, 당신이 좀 더

지켜보자고 해서 당신 말대로 했다가, 우리 아이……"로 시작하여 민형사상 법적 책임을 질 가능성 높음

선택에 따른 결과를 종합해보자.

내가 첫 번째 의사와 의견이 같으면(큰 병원 가서 검사하라고 하면) 큰 병이든 아니든 간에 나는 단순히 신뢰를 잃거나 얻는 것으로 문제가 끝난다.

하지만 내가 첫 번째 의사와 의견이 다를 경우, 즉 큰 병원 가지 말고 좀 더 지켜보자고 했을 때는 좀 복잡해진다. 아이가 저절로 좋아지면 나는 신뢰를 얻는다. 하지만 아이가 심각한 질환이었을 경우, 좀 더 지켜보자고 한 나는 신뢰를 잃는 것뿐만 아니라 민형사상 법적 문제에 처할 수 있다.

게다가 첫 번째 의사가 큰 병원에서 진료를 받아보라고 한 말이, 재판으로 갔을 경우 나에게 결정적으로 불리한 증거가 된다. 그러므로 두 번째 의사인 내 입장에서는 첫 번째 의사와 같은 의견을 내는 게 합리적이다.

나의 선택		심각한 질환 ×	심각한 질환 ○
첫 번째 의사와 같은 의견 (응급실 및 검사 권유)	첫 번째 의사	의사 모두 신뢰 **하락**	의사 모두 신뢰 **상승**
	두 번째 의사(나)		
첫 번째 의사와 다른 의견 (경과 관찰)	첫 번째 의사	신뢰 **하락**	신뢰 **상승**
	두 번째 의사(나)	신뢰 **상승**	신뢰 **하락**+ 민형사 문제

용감한 병사는 빨리 죽는다. 마찬가지로 용감한 의사는 살아남기 어렵다. 최근 오진에 대한 환자와 보호자의 고소 고발이 잦아지고, 이에 대해 민형사상 책임도 커지는 현실 속에서, 어쩔 수 없이 의사는 검사를 권할 수밖에 없고, 상급병원으로 전원을 고려하게 된다.

의사인 나는 어쩔 수 없다. 우리 딸이었다면 2~3일 더 지켜보았을 것이다. 하지만 앞서 각각의 선택에 따른 결과를 따졌을 때 무조건 큰 병원으로 보내는 게 현명하다.

부모는 비명 소리가 끊이지 않는 응급실에 아이를 안고 간다. 가슴 사진을 찍고, 소변 검사를 하고, 피를 뽑고, 다시 하기 싫은 독감 검사를 억지로 한 후, 옆 침대에서 나는 울음소리와 기침하다 "웩" 하고 토하는 소리를 들으며 불안과 초조에 떨면서 몇 시간을 기다린다.

바쁜 응급실 의사는 '도대체 이렇게 멀쩡한 아이를 그냥 약만 주며 지켜보면 되지, 왜 응급실로 보내서 이 난리야'라며 투덜댈 테고, 긴장한 아이 엄마에게 가타부타 설명도 없이 "괜찮아요. 약 줄 테니 가세요"라고 말한 후 눈길 한 번 안 주고 가버릴 것이다. "우리 서현이 정말 괜찮은 거 맞아요?"라고 재차 물을 새도 없이.

부모는 괜히 멀쩡한 아이를 응급실 가라고 해서 생고생시킨 의사와 그 의사 말을 고분고분 들은 자신을 탓할 것이다. 그리고 다음번에 비슷한 상황이 벌어지면, 똑같은 일이 반복될 것이다. 그런 경험이 몇 번 이어지다, 정말 심각한 질환이 의심되어 의사가 강력하게 '검사를 꼭 하셔야 합니다', '입원해서 며칠 지켜봐야 합니다'라고 몇 번이나 권해도 그동안의 경험으로 더 이상 의사의 말을 듣지 않게 된다. 결국 모두에게 비극이다.

오늘도 이비인후과 의사가 열나고 경부 강직이 있어 뇌수막염일 수도 있으니 큰 병원 응급실 가보라고 써준 진료의뢰서를 들고, 아이와 엄마가 함께 왔다. 큰 병원 응급실로 가라고 그랬는데, 역시나 나에게 왔다. 그것도 우리 병원에 처음 온 아이이다.

아무리 봐도 뇌수막염이 99% 아니다. 그래도 혹시나 하는 1% 때문에, 그리고 민형사상 책임 소재도 있으니 확답을 못한다. "아닌 것 같은데 혹시나 모르니 검사하는 게 낫지 않을까요?" 나는 말을 얼버무리고 만다.

예전에는 의사가 'OO합시다'라고 하면 사람들은 '네, 선생님만 믿고 따를 테니 잘 부탁드립니다' 그랬다고 한다. 하지만 언제부터인가 환자의 알 권리와 선택권이 중요시되고, 의료에 대한 각종 소송이 폭발적으로 증가했다. 게다가 언론은 희귀한 경우(예를 들면 20대에 위암에 걸려 죽은 연예인)를 마치 흔한 것처럼 보도한다. 의사는 소송에 대한 두려움 때문에 더 많은 검사를 권한다.

그뿐만 아니다. 결정에는 책임이 따른다. 시대 흐름에 발맞춰 의사는 책임이 뒤따르는 선택을 자신이 하는 대신 슬그머니 환자와 보호자에게 A 또는 B 선택지를 내밀고, 환자나 보호자가 결정을 내린다. 검사를 할지 말지, 수술을 받을지 말지, 퇴원을 할지 말지 같은 수많은 선택이 이제 환자와 보호자 앞에

던져졌다.

어머니가 큰 병원에 바로 안 갔다가 나중에 아이가 뇌수막염으로 밝혀지면, '왜 진작 큰 병원에 안 갔을까? 왜 그때 검사를 안 했을까' 후회한다. 큰 병원에 가서 갖은 검사와 오랜 기다림으로 한바탕 진을 빼고 나서 의사로부터 '괜찮다'는 이야기를 듣는다면 '돈만 밝히는 멍청한 의사들, 무조건 검사부터 하자 그러고. 이 무슨 고생이람. 다시는 의사 말 듣나 보자.' 그럴지도 모른다. 그마저 없던 의사에 대한 신뢰가 경멸로 바뀐다.

의학은 어렵고, 법적 책임은 더 커졌다. 의사는 자기 방어에 바쁘고, 사람들은 더 이상 의사를 믿지 않는다. 서로가 서로를 믿지 못하고, 자신만을 지키기 바쁘다. 모두가 피해자가 된다.

+++ 뒷이야기 +++ 　　진료실에서는 똑같은 일들이 무수히 반복된다. 배가 아픈 환자가 "선생님, 혹시 제가 위암 아닐까요?" 물으면 의사는 증상이나 환자의 나이를 봐서 위암일 확률이 길 가다 벼락 맞을 확률과 같다고 생각하지만, 혹시나 하는 마음에 "검사를 해봐야지만 알 수 있어요"라고 말한다. 사실 "검사를 해야 알 수 있다"는 말이 정답이긴 하다. 암, 갑상선 기능 저하증, 당뇨 등은 증상으로 내리는 질환이

아니라, 검사를 통해서 진단이 내려진다. 암은 혹에서 조직을 채취하여, 현미경으로 그것도 병리학 전문의가 봐서 암세포가 보여야지만 암이다. 당뇨, 고혈압, 갑상선 기능 저하증 등 다른 질환도 마찬가지다.

첫째, 의사가 검사(숫자, 또는 사진으로 나오는 검사)를 하자고 하는 가장 기본적인 이유는 병의 진단을 위해서다.

검사를 통해서 확진과 배제가 가능하다. 청진기로 폐나 심장 소리를 듣는 경우, 의사마다 다르게 들릴 수 있다. 하지만 폐 CT상 우상엽에 2cm 크기의 하얀 종괴는 누구에게나 보인다. 검사에서 나오는 수치는 청진기로 들리는 심장 박동 소리와 다르게 그 기준이 명확하다. 과학이 발달하면 할수록 검사는 늘어나고, 대신 정확해진다. 의사는 청진기 소리, 환자의 말 같은 애매모호한 표현보다 엑스레이, 초음파, CT, MRI 같은 사진과 각종 검사 수치를 더 중시한다.

"빈혈이 있어요"보다는 "헤모글로빈 수치가 8mg/dl이야.(정상이 12이다.)", "콩팥이 안 좋아요"보다는 "크레아틴 수치가 3.2, eGFR이 15인데" 하면, 모든 의사는 "아, 좀 심각하네" 고개를 끄덕인다.

많은 사람들이 "소변에서 거품이 많이 나오는데, 당뇨 아닌가요?" 하고 물어보는데, 의사 100명이면 100명 모두 "일단 소변 검사와 피 검사를 해봅시다"라고 말한다. 여덟 시간 금식을 하고 피 검사를 해서,

당 수치가 126이 넘으면 "당뇨입니다"라고 진단을 내리고, 126 이하면 "당뇨가 아닙니다"라고 단정적으로 말할 수 있다.

"천식 아닌가요?"

(폐기능 검사를 하셔야)

"위암 아닌가요?"

(위 내시경을 하시고, 필요 시 조직 검사를)

"대장암 아닌가요?"

(대장 내시경을 하시고, 필요 시 조직 검사를)

"폐렴 아닌가요?"

(가슴 엑스레이를 찍고, 정확하지 않으면 폐 CT까지)

"갑상선암 아닌가요?"

(초음파를 하시고, 혹이 보이면 조직 검사를)

둘째, 검사는 병원 매출에 도움이 된다.

초진 진찰료는 1분 진료를 하든 10분 진료를 하든, 1인당 15,000원 정도(개인 부담금은 대략 30%)지만, 독감 검사는 25,000원에서 30,000원이다. 참고로 내시경 기계는 수천만 원에서 2억 정도 하고, 검사비는 53,000원이다. 일단 기계를 사면, 최소 수천 건 이상 해야 기계 값과 소모품비라도 건질 수 있다.

병원 입장에서는 검사가 많으면 많을수록 좋을 듯싶지만, 의사가 검사를 권유한다고 해서 환자들이 무조건 검사를 하는 건 아니다. 병원이 매출 때문에 불필요한 검사를 사람들에게 계속 권하면 단기적으로는 이익일지 모르지만, 얼마 안 가 환자들 사이에 '그 병원은 가기만 하면 검사부터 하자고 한다', '돈 벌려고 혈안이 되어 있다'라는 소문이 나서, 병원은 곧 망한다.

셋째, 방어 진료다.

"왜 그 질환을 의심하지 않았습니까?"라고 환자, 보호자, 그리고 나중에 판사가 물어봤을 때, "제가 진찰했을 때는 가능성이 낮아 보였습니다"라고 대답하는 것보다 "그 당시 OO 질환을 의심하고, XX 검사를 했는데 정상이었습니다"라고 하면, 가장 확실히 귀책사유가 없음을 증명할 수 있다. 그리고 의사가 특정 질환을 놓친 것에 대한 법적 책임이 강화되고 있는 추세에서, 검사를 시행하지 않을 경우 위험은 증가하고, 의사는 결국 자신을 보호하기 위해 더 많은 검사를 하게 된다.

의사나 병원 입장에서는 검사를 하면 매출도 증가하고, 특정 질환을 확진하거나 배제할 수 있어 여러모로 득이 된다. 반대로 검사를 안 했다가 나중에 다른 병원에서 검사를 받고 큰 병을 진단받으면 환자나 보호자가 따지러 오고, 각종 소송에 시달린다.

환자는 검사를 받게 되면, 돈도 돈이지만 일단 아프고 불편하다. 주사 바늘은 어른이 되어도 아프다. 대장 내시경을 받으려면 밤새 화장실을 들락날락거리며 항문이 쓰라릴 때까지 설사를 해야 한다. 거기에다 조직 검사라도 하면 검사 결과가 나오는 일주일 동안 혹시나 큰 병일까 걱정도 된다. 환자 입장에서는 검사도 안 받고, 암 같은 질병도 아닌 게 최선이다. 이는 서로에 대한 입장 차이에서 오는 구조적 문제이지 개개인의 문제가 아니다. 다만 환자가 의사를 믿고, 의사가 환자를 믿으면 좀 더 불필요한 검사를 줄일 수 있을 것이다.

	검사○ (병원: 매출 증가)	검사× (환자: 비용 없음)
질환○	확진 GOOD	진료 지연, 오진 **법적 문제 발생**
질환×	특정 질환 배제 (또는 **불필요 검사**)	GOOD

비용 편익 분석

하루는 토요일에 가족과 함께 경기도에 있는 OO 리조트에 묵고 있었는데, 대학교 때 기숙사에서 같은 방을 썼던 친구 정민이에게서 전화가 왔다. 친구 목소리가 불안하고 떨렸다.

"친구야, 둘째가 태어난 지 두 달밖에 안 됐는데 열이 계속 나서 응급실에 왔어. 병원 의사가 입원해서 보자네. 뇌척수액 검사까지 해야 할지도 모르겠다고 그러는데 어떡하면 좋노?"

"애 상태는 어떻노?"

"잘 놀고, 다른 증상은 없어. 그런데 어제부터 열이 계속 나더니 안 떨어지네."

어떤 상황인지 눈에 그려졌다. 친구에게는 처음이겠지만, 똑같은 상황이 대학병원 응급실에서는 하루에도 몇 번씩 일어난다. 아이가 크면 문제없는데, 세상에 나온 지 100일도 채 안 된 아이는 항상 어렵다. 도대체 왜 열이 나는지 알 수가 없다. 열 말고는 다 괜찮아 보이는데, 상태가 반나절 만에도 의식이 처질 정도로 급속도로 나빠지기도 한다.

앞에서 말했듯이 뇌수막염 검사를 여섯 시간 늦게 했다고, 병원 잘못이므로 손해 배상을 하라는 대법원 판결을 기억하기 바란다. 이런 상황 속에서 의사가 가장 확실하게 믿을 수 있는 건 오로지 숫자와 사진으로 볼 수 있는 검사뿐이다.

팔뚝만 한 그 조그만 갓난아이는 각종 검사를 받느라 울고불고 난리고, 그런 아이를 보고 있는 부모는 혹시나 큰 병은 아닐까, 그 어느 것 하나 마음이 편하지 않다. 게다가 갑작스럽게 입원까지 하라고 하니, 당장 집에 가서 짐을 싸 와야 할지, 다음 주 회사 출근은 어떻게 해야 할지, 첫째는 또 누가 돌볼지 머리도 마음도 아파온다.

거기에다 뇌척수액 검사라니. 10cm가 넘는 바늘을 척추 사이에 넣어 뇌척수액 일부를 뽑아내야 한다. 보호자 입장에서는 그 작은 아이 등에 커다란 바늘을 꽂아 넣는다고 생각하면 아찔하다. 하지만 대개 2개월 미만의 영아가 명확한 이유 없이 열이 나면, 거의 대부분 뇌척수액 검사를 하는 게 루틴(기본 절차)이다.

"아…… 정민아, 그게 의사는 다 그렇게 이야기할 수밖에 없다. 특별한 증상도 없고 그러면 검사 안 하고는 알 수가 없다."

"해열제 먹고, 집에 가서 좀 지켜보면 안 되나?"

갓난아이 아빠인 친구 정민이는 당장이라도 집에 가고 싶을 것이다.

"대개는, 대충 한 95% 아니 97%(그 어떤 근거도 없는 막연한 추측이다)는 괜찮거든. 내가 환자나 보호자면 당연히 집에 가겠지. 근데 또 그 1~2%가 막상 터지면 100%거든. 의사 입장에서는 99% 확실해도, 그런 환자를 100명, 천 명 보니까. 그러면 꼭 몇 명은 문제가 생겨. 그러니까 의사는 무조건 검사를 하자고 할 수밖에 없지."

전화기 너머로 침묵이 흐른다. 의사인 나도 말이 없고, 환자 보호자인 친구도 말이 없다.

"야…… 니 아 같으면 어떡할 거고?"

"내 아면…… 하아…… 일단은 집에 가서 마음 졸이며 지켜보겠지……."

"그래, 알았다…… 무슨 말인지 알겠다. 여하튼 고맙다."

"참, 이게 어렵다. 어떻게든 결과만 좋으면 되는데……."

이렇게 의학은 불확실하다. 게다가 서로 입장이 다르다. 아이에게는
괜찮을 가능성이 99%이지만, 천 명의 환자를 보는 의사에게는 그 1%
가 열 명이다.

꼰대와 멘토, 그 사이 어디쯤

3

아파트만 잔뜩 몰려 있는 신도시 사거리에 위치한 병원이라, 중고등학생들이 꽤 많이 온다. 학생들을 보면 20년 전 학생이었던 내 모습과, 10년 전 대학생 때 내가 가르쳤던 과외 학생들이 생각난다.

나는 10대에 공부에 미쳤었다. 20대에는 생존을 위해서 과외와 의학 공부를 했다. 본대 1학년 때에는 거의 매주 토요일 아침 10시에 시험이 있었다. 금요일 밤을 새우고, 토요일 아침 시험을 치고 나면 나는 다른 친구들처럼 푹 쉴 수가 없었다. 오후 3시에 상엽이, 오후 8시에 은숙이 과외가 있었다.

그렇게 토요일 밤 10시에 과외가 끝나야 비로소 불토를 맞이했다. PC방으로 달려가 친구들과 스타크래프트를 했다. 새벽 3~4시까지 오락을 하다 집에 와서 몇 시간 자고 다시 맞이한 일요일. 아침 10시, 그리고 오후 3시에 또 과외가 있었다. 평일보다 주말이 더 바쁘고, 육체적으로 힘들었다.

방학이 되면, 다음 학기 학비를 벌기 위해 더 많이 과외를 했다. 많이 할 때는 아침 10시, 오후 3시, 저녁 8시, 하루 세 탕을 뛰었다. 20대 초반이라 그래도 체력이 남았다. 밤 10시에 과외가 끝나면 또 PC방으로 달려갔다.

여자 친구 대신 스타와 함께 밤을 지새웠다. 그렇게 PC방에서 살다, 내 자신이 너무 폐인 같아지면 훌쩍 여행을 떠났다. 내 20대는 의대 공부를 제외하면 스타, 여행, 과외가 전부였다. 다만 운이 좋았다. 10대에 스타와 함께 밤을 새웠으면, 의사가 되지 못 했을 테니까.

그렇게 6년간, 짧게는 한 달, 길게는 몇 년까지 40~50명의 학생을 만났다. 마지막으로 학생을 가르친 지 10년이 지났지만, 가끔 연락하고 만난다. 그러다 보니 나도 모르게 진료를 받으러 온 학생들에게 특별한 관심을 가지게 된다. 20년 전 내 10

대 모습이 학생에게서 얼핏 보인다. 때로는 아파서 온 학생이 내가 가르치던 과외 학생처럼 느껴지기도 한다.

꼰대의 잔소리

날이 따뜻해지던 5월의 어느 봄날이었다. 고3 남학생이 배가 아프다고 병원에 어머니와 함께 왔다. 문진과 신체검사에서 특별한 이상은 없었다. 전형적인 스트레스로 인한 자극성 장증후군이었다. 장운동을 조절하는 약을 처방하고, 주의할 음식을 설명하고 1차 진료가 끝났다.

"고3이죠?"

"네."

"많이 힘들죠? 근데 학생, 지금이 인생에서 가장 중요한 시기예요. 왜냐하면 슬프게도 한국이라는 나라에서 가장 큰 인생 분기점이 바로 대학이거든요.

인생에 다섯 번의 기회가 와요. 그 첫 번째는 부모님이에요. 딱 태어나는 순간 결정되죠. 학생이 결정할 수는 없어요. 사람들이 아무리 '헬조선, 헬조선' 그러지만, 우리나라 꽤 살기 좋은 나라예요. 방글라데시 알죠? 거기서 여자로 태어나면 지금 학생 나이에 딱 세 개 할 수 있어요. 옷을 만들거나, 옷을 빨거나, 아니면 옷을 벗어야 해요. 슬픈 현실이죠. 동남아 사람들이 왜 말도 안 통하는 우리나라에 와서 사람 대접 못 받아가며 일하는 줄 알아요? 거기, 시간당 임금이 500원에서 1,000원이거든요. 한 달 내내 벌어도 10만 원에서 30만 원 받아요. 근데 한국에서 일하면 200만 원 가까이 벌거든요. 그러니까 그 고생에 천대받으면서도 우리나라에 와서 아무도 안 하는 더럽고, 위험한 일을 하는 거예요. 열 배 더 받으니까. 1970년대, 우리나라 사우디 건설 현장, 독일 광부, 간호사가 딱 지금 모습이에요. 근데 학생은 좋은 나라, 좋은 부모님 밑에서 태어났어요."

"두 번째는 대학이에요. 의사 하고 싶어요? 시험 잘 쳐서 의대만 가면 돼요. 그러면 95%는 의사 돼요. 제가 17년 전에, 수능 못 쳐서 시급 2,000원 받으며 아르바이트하다가, 1년 만에 수능 한번 잘 쳐서 과외하니까 시급이 25,000원이 됐어요. 열 배 넘게 올랐죠. 술집에서 서빙할 때는 사람들이 다 저한테 반말했어요. 수능 잘 쳐서 1년 만에 과외하니, 학생 어머니가 아들뻘인 저한테 꼬박꼬박 존댓말해요. 그뿐만 아니에요. 시급 2,000원일 때는 길가에 떡볶이 하나 못 먹었어요. 왜? 저

거 먹으려면 한 시간 일해야 하거든요. 근데 1년 지나 시간당 25,000원 버니까, 패밀리 레스토랑 가서 스테이크 썰어요. 지금 힘들겠지만, 수능 한 번으로 학생 인생이 바뀌어요. 그것도 당장."(다만 지금은 수시 확대로 어렵다.)

"세 번째는 결혼이에요. 근데 결혼 상대는 결국 주위 사람이거든요. 사람들이 의사 남편 만나고 싶다고 그러죠? 제일 쉬운 방법은 자신이 의사가 되는 거예요. 사실 이것도 거의 대학으로 결정돼요."

"네 번째는 자식이죠. 로마 시대 오현제 가운데 '마르쿠스 아우렐리우스'라고 『명상록』까지 쓴 철인 황제 아들이 망나니 코모두스거든요. 자기 마음대로 안 되는 게 자식이에요. 세상에서 자식이 부모 마음대로 되면 범죄자가 어디 있겠어요."

"다섯 번째는 평생 동안 해서, 그 분야에 1등 하는 거죠. 웹툰 봐요? 저는 가끔 깜짝 놀라요. 연재 웹툰 말고 '베스트 도전', '도전 만화'에 얼마나 많은 만화들이 있는지. '저 치열한 경쟁을 뚫고 연재하는 거구나.' 진짜 어렵죠. 인생을 다 바쳐서 도전해도 성공한다는 보장도 없고. 그래서 어른들이 '공부해라, 공부해라' 하는 거죠. 힘들지만 딱 1년만 고생해요. 이제 6개월 남았네요. 스스로 결정할 수 있는 첫 번째이자 가장 큰 전

환점이에요."

과외할 때 가장 먼저 하는 이야기였다. 못 해도 수십 번은 한 오래된 닳고 닳은 이야기.

"선생님 말씀 잘 들어. 돈 주고도 못 듣는 이야기니까."

어머니는 진지하게 듣지만, 학생은 '나는 그냥 배가 아파서 왔는데, 왜 저딴 이야기를 하지' 이런 표정이다. 실패다. 나는 꼰대다.

멘토의 특별 강연

박찬호, 박세리에 이어, 박지성, 류현진, 김연아, 손연재, 손흥민 같은 스포츠 스타가 많아져서 그런지 운동을 하는 학생들도 많다. 172cm인 나보다 더 키가 크고 체격이 우람한 중학교 2학년 남학생부터, 배에 임금 왕 자가 선명한 고등학교 축구 선수까지. 축구, 야구, 농구는 기본에 스케이트와 격투기, 컬링 선수까지 왔다.

하루는 고등학교 2학년 정진우 학생이 감기로 병원에 왔다. 키는 나보다 10cm는 크고, 흔히 말하는 쫄쫄이 바지(운동용 레

깅스)를 입고 왔는데 허벅지는 내 두 배만 했다. 울퉁불퉁 돋아난 여드름과 약간 햇볕에 탄 검은 얼굴만이 앳돼 보였다.

"혹시 운동하세요?"

"아, 네. 경륜을 합니다."

"자전거 타시는구나."

증상은 주로 콧물. 진단은 콧물을 주 증상으로 한 감기.

"잠시만요."

운동선수는 금지된 약물 복용 여부를 검사하는 도핑 테스트가 있어서 약 처방하기가 까다롭다. 혹시나 몰라서 약 하나하나를 관련 사이트에 들어가서 확인했다.

"운동선수는 감기약도 약국에서 사 먹으면 안 돼요. 감기약에 들어가는 에페드린이라는 약이 혈관 수축제로 사람을 흥분시킬 수 있어서, 대부분의 운동선수에게는 금기거든요. 주사도 마찬가지고."

나는 스포츠를 좋아한다. 초등학교 3학년 때, 연습생 신화 장종훈이 자신의 등번호와 같은 35개 홈런을 치면서 홈런왕이된 이후, 25년간 한화 팬이다.

"혹시나 해서 하는 말인데, 친구들이 주는 이상한 약이나, 주사 같은 거 절대로 맞으면 안 돼요. 바르는 것도 안 되고요.

그 유명한 수영 선수 ○○○ 아시죠?"

"아, 네."

"그 선수가 맞은 게 네비도라고 남성호르몬제거든요. 맞으면 근육이 엄청나게 커져요. 근데 당연히 도핑에 걸려요. 이 남성호르몬제제가 주사 말고도 먹는 것도 있고 젤 타입으로 바르는 것도 있거든요. 그러니까 절대로 절대로 아무거나 바르면 안 돼요."

유명 선수 이름이 나와서 그런지 학생의 눈이 반짝거린다. 오, 반응 좋다. 신난다.

"노파심에서 하는 말인데, 절대도 승부 조작 같은 것도 하면 안 돼요. 처음부터 와서, 돈을 주면서 일부러 져달라는 말 절대로 안 해요. 회식도 시켜주고, 선물도 사주고, 형, 동생 그러면서 친분을 쌓아요. 그러다 몇 개월 지나서 친해지면 그때서야 돈을 주면서 그냥 한 번 져달라 그래요. 딱 한 번. 근데, 절대 절대 안 돼요. 바로 신고하세요. 한 번이라도 돈 받고 승패 조작하면 그때부터는 지옥으로 빠져들어요. 다음부터는 '안 하겠다', '못 하겠다' 해도, 저번에 승부 조작한 거 폭로하겠다고 협박하면서 계속 지라고 하고. 계속 져서 이제 경기 출전조차 어려워지면 그때는 다른 친구나 선수들 데리고 오라고 그래요."

학생이 마치 자신의 이야기인 양 잔뜩 긴장한 채 귀 기울여 듣는다.

"몇백만 원*에 인생을 송두리째 팔아버리는 거예요. 선수는 물론이고, 영구 제명되어서 코치도 할 수 없어요. 진짜 인생 한 번에 끝나는 거죠. 야구 선수 OOO, 스타크래프트에서 한때 이름을 날렸던 OOO, 모두 그렇게 해서 인생 끝장난 거 아시죠? 진우 학생은 절대 그러면 안 돼요. 알겠죠?"

진우 학생이 눈에 힘을 주고 고개를 끄덕인다. 이번에는 꼰대가 아니라, 멘토가 되었다. 아주 보람찬 시간이었다.

다만 나의 이 특별 강의는 대기 환자가 없을 때만 가능하다. 강연자 마음에 따라 시작되며, 학생의 반응이나, 눈빛에 따라 언제든지 조기 종결될 수 있음을 알려둔다.

* 중개인에게 받는 돈은 몇백만 원이지만, 경기를 져주기로 한 선수 자신도 경기가 지는 쪽에 돈을 끌어모아 배팅을 하기에 실제 액수는 몇천만 원 단위로 커진다.

모든 게 문제투성이였다

4

"선생님, 어떻게 좀 해봐요! 우리 아이 죽는 거 아니에요?"

아주 간단한 수술이었다. 할머니가 울부짖는 건, 그 간단한 수술이 끝난 지 48시간도 채 되지 않았을 때였다. 할머니는 소리쳤고, 열 살 아이는 내 눈앞에서 검붉은 피를 토했다. 머릿속이 하얘졌다. '은지를 잃을 수도 있겠다'라는 생각이 들었다. 하지만 의사로서 할 수 있는 게 없었다. 피를 토하던 은지가 이번에는 거품을 물며 경련을 일으켰다. 은지가 죽겠다 싶었다.

토요일도 끝난, 일요일 새벽 1시였다. 당직을 서고 있었다. 주말이라 자기는 아깝고, 그렇다고 특별히 할 것도 없어서 당직실에서 리모컨을 잡고서 이리저리 텔레비전 채널을 돌리고 있었다. 볼 만한 게 없었다. 그때 전화가 왔다. 응급실 인턴이 긴장된 목소리로 전화를 했다.

"선생님, 이틀 전 저희 병원에서 이상엽 과장님께 편도 절제술을 받은 여자아이가 입에서 피가 나서 한 시간 전에 내원했습니다."

대수롭지 않게 생각했다. 이비인후과에서 하는 편도 절제술. 흔하고 간단한 수술이다. 마취를 걸고 깨는 데 걸리는 시간보다, 수술 시간이 더 짧아서 의사들 사이에서는 배(수술 시간)보다 배꼽(마취 시간)이 더 크다고 우스갯소리로 말하는 수술 중 하나이다.

단 절개 부위가 50원 동전 크기여서, 수술 후 출혈이 가장 흔한 합병증으로 0.5%에서 많게는 10% 발생한다. 저절로 멈추기도 하고, 출혈이 심하면 수술 부위를 다시 보비라 불리는 전기 소작기로 지져주면 된다. 당연히 내가 아니라 이비인후과 의사가.

"그래요? 바이탈은 괜찮죠?"

"네, 선생님, 괜찮습니다."

"기본 랩 하고, 혹시나 심하면 수혈할 수도 있으니, ABO type(수혈을 위한 혈액형 검사) 나가고, 생리식염수 달아놓으세요. 바로 내려갈게요."

당직실이 3층이었고, 응급실이 1층이라 나는 전화를 받은 지 1분 만에 응급실에 도착했다. 얼굴이 낯익은 인턴 선생님이 나를 보자, 전화로 했던 말을 다시 읊었다.

"특이 과거력 없는 열 살 여자아이로, 본원에서 2일 전, 편도 절제술 하고 어제 퇴원했으며, 자다가 입에서 피가 나와 한 시간 전에 내원하였습니다. 혈압 110/70, 맥박수 80으로 스테이블(stable: 안정된)한 상태입니다."

"환자는 어디 있어요?"

"3번 베드입니다."

커튼을 열어젖히자, 한 아이가 황토색 수건으로 입을 가린 채 비스듬히 누워 있었다. 황토색 수건은 이미 피로 1/3 정도 젖어 있었고, 입가로 붉은 피가 흘러나왔다. 그 옆에서 할머니가 걱정스러운 눈빛으로 나를 쳐다보았다. 수건을 적신 피도 피지만, 내가 놀란 건 아이 몸이었다.

'도대체 몇 kg이지? 아이가 왜 저래?'

아이는 심한 비만으로 볼과 턱에 살이 너무 쪄서, 눈, 코, 입이 얼굴 가운데 몰리다 못해 살에 파묻혀 있었다. 목은 아예 없었다. 마치 눈사람 같았다. 노란 눈사람.

"아 해보세요."

이미 입안은 굳은 피와 편도를 절개한 자리에서 스멀스멀 흘러나오는 피가 섞여 엉망이었다.

'아, 좀 심한데. 이비인후과 과장님 콜 해야겠다.'

나는 바로 전화를 걸었다.

"네."

상대는 자다가 전화를 받은 듯 몽롱한 목소리였다.

"이상엽 과장님, 가정의학과 레지던트 1년 차입니다. 환자 있어서 전화드렸습니다. 10세 여아, 김은지, 2일 전 본원에서 과장님께 편도 수술받은 환자로, 자다가 편도 절제 부위 출혈 있어서 한 시간 전에 내원했습니다."

"어때요?"

"바이탈은 스테이블한데, 출혈이 지속됩니다. 입안도 출혈로 잘 안 보입니다."

"그래요? 얼음물로 가글시키고, 입안 동영상 찍어서 보내주세요."

"네."

얼음물로 가글시키고, 동영상을 찍긴 했지만, 역시나 출혈 부위가 잘 보이지는 않았다. 다시 전화를 걸었다.

"과장님, 동영상 보내드렸고, 가글해도 멈추지 않습니다."

"그래요? 제가 병원 갈 테니까, 마취과 전화해서 수술방 열어달라고 하세요."

"네."

이번에는 마취과 김경희 과장님께 전화를 해야 했다.

"네."

다행히 마취과 과장님은 늦은 시간이었음에도 자고 있지는 않은 듯했다.

"마취과 김경희 과장님, 가정의학과 1년 차입니다. 수술 있어 전화드렸습니다. 10세 여아, 김은지, 2일 전 본원 이상엽 과장님께 편도 수술받은 아이인데 수술 부위 출혈 계속되어서 전화드렸더니, 수술방 열어달라고 합니다."

"그 여자애 기억나는데, 유난히 뚱뚱하고, 목도 짧았어요. 지금 출혈까지 있으면 기관삽관* 쉽지 않을 텐데, 대학병원 전

* 전신 마취를 하거나 자발 호흡이 어려울 경우, 기도를 확보하기 위해 긴 관을 기도로 연결하는 시술

189

원하는 게 어떨까 싶어요. 한번 물어봐 주세요. 그리고 혹시나 수술하면 언제쯤 도착하는지 확인해주시고요. 저는 한 시간 안에 도착할 거예요."

"아, 네."

'아이 참, 과장님들끼리 직접 이야기하면 되지, 중간에 껴서 이게 뭐야.'

나는 또다시 전화를 걸어야 했다.

"이상엽 과장님. 마취과 김경희 과장님께서 그 아이 기억하는데, 심한 비만에 목도 짧아서 출혈까지 있으면 기관삽관 어려울 수 있다고 대학병원으로 전원하는 게 어떤지 물어보시는데요."

"아니, 간단한 수술인데 뭐가 어렵다고. 수술방만 열어달라고 하세요."

목소리에서 짜증이 묻어났다.

"아, 네, 혹시나 언제쯤 병원 도착하시는지요?"

"한 시간 반 정도 걸려요."

'한 시간 반이라고, 아이씨.'

불길한 예감이 스멀스멀 목덜미를 타고 올라왔다.

"네, 알겠습니다. 마취과에서는 한 시간 안에 도착한다고 합니다."

나는 전화를 끊고 또다시 마취과 김경희 과장님께 전화를 걸었다.

"이상엽 과장님께서는 간단한 수술이니까, 무조건 하시겠다고 합니다."

"언제 도착한대요?"

"한 시간 반 정도 걸린답니다."

이비인후과 이상엽 과장님은 그해 3월 부임하셨다. 키는 180 정도에, 비교적 마른 체형이었다. 눈은 컸으나 입과 코가 작고 턱이 좁아 사람이 날카로워 보였다. 병원에서 별 말도 없고 사교적이지 않아 잘 아는 사람이 없었다. 얼핏 집이 병원에서 멀다고 들었는데, 이 새벽에도 한 시간 반이나 걸릴 줄이야.

그러고 나서 차트를 보는데, 만 열 살 여자아이 몸무게가 무려 80kg이었다.

'와, 체중이 나랑 똑같네. 이 아이는 도대체 왜 이렇게 뚱뚱한 거야.'

만 열 살 여자아이 평균 키는 139cm이고, 체중은 34kg인데, 은지는 키가 136cm에 몸무게가 80kg이었다. 정상 체중의 2.5배, 성인 여자로 치면, 키 155cm에 130kg에 해당한다. 그때뿐만 아니라 지금까지도, 살면서 본 아이 중에 가장 비만이었다.

내원해서 인턴이 아이를 보고, 나에게 전화를 하고, 내가 은지를 보고 이비인후과 과장님과 마취과 과장님께 이런저런 상황을 알리고, 중간에 끼어서 말을 전달하는 동안 30분 가까운 시간이 흘렀다. 은지는 여전히 피 섞인 침을 뱉고 있고, 아직까지 한 시간 넘게 더 버텨야 한다. 은지는 시킨 대로 부지런히 얼음물로 가글을 했지만, 출혈이 멎을 기세가 아니었다. 시간은 더디게 흘러갔다.

'도대체 이상엽 과장님은 언제 오는 거야.'

내가 할 수 있는 게 별로 없었다. 내원할 때, 1/3 정도 젖어 있던 황토색 수건은 이미 절반 넘게 젖었다. 뭐라도 해야겠다는 생각에 이비인후과 전문의 친구에게 전화를 걸었다. 밤이 늦었지만, 충분히 이해해줄 친구였다.

"야, 빠콩, 밤늦게 미안한데, 편도 수술하고, 출혈로 응급실 왔는데, 뭐 해야 하노?"

"니가 해줄 게 뭐 있니? 트라넥사민이라고 있는데, 그냥 뭐라도 줘야 되니까 주는 거고, 효과 없다. 빨리 수술 부위 지지는 거밖에 없다. 이비인후과 의사 불러라."

"알았다. 밤늦게 고맙다."

계속 피를 뱉는 은지와 오늘따라 유난히 느리게 가는 시계를 번갈아가며 쳐다보았다. 목에서 피가 나오니, 이물감에 은지는 반사적으로 구역질과 기침을 했다. 구역질과 기침을 하니, 압력이 올라가 출혈이 심해졌다. 지혈제도 섞어주고, 기침억제제와 항구토제까지 주사로 줬지만 효과가 전혀 없었다.

얼마나 시간이 지났을까. 구역질을 하던 은지가 갑자기 "우웩" 하더니, 호떡만 한 검붉은 피를 토했다. 누가 봐도 심상치 않았다.

"은지 학생, 입을 벌려봐요."

구역질을 하던 은지가 겨우 입을 벌렸다. 우측 편도 수술 부위에서 빨대 굵기의 피가 뿜어져 나오고 있었다.

'아, 씨발, 동맥 출혈이네.'

바로 전화를 걸었다.

"이상엽 과장님, 수술 부위에서 2~3mm 굵기로 피가 쏟아져 나옵니다. 동맥 출혈 같습니다."

"되도록 빨리 갈 테니까, 어떻게든 하고 있어요. 30분 안에 도착해요."

전화를 끊었다.

"혈압이랑 산소포화도 모니터링하고, 수액 라인 하나 더 확보해주세요."

　은지의 맥박수가 분당 80회에서 120회로 오르기 시작했다. 출혈량이 전체 혈액의 20%가 넘어가면, 가장 먼저 맥박수가 증가한다. 좋지 않았다. 출혈이 있으면 막는 게 첫 번째, 손실된 만큼 채워주는 게 두 번째였다.

　"선생님, 환자 혈관이 안 좋아서 라인을 잡을 수가 없어요."

　"일단 생리식염수 최대한 틀고, 계속 시도해주세요."

　"혈관이 없어서 이전에 잡은 게 24 게이지(가장 작은 바늘)라 최대로 틀어도 잘 안 들어가요."

　은지의 팔다리는 커다란 애벌레 같았다. 응급실 간호사 여러 명이 달라붙어서, 팔, 다리를 마구 찔러댔으나 모두 실패했다. 도대체 혈관이라고는 보이지 않았다. 산소포화도가 90%로 떨어지며, 혈압도 90/60으로 떨어지기 시작했다.

　"선생님, 어떻게 좀 해봐요! 우리 아이 죽는 거 아니에요?"

　할머니는 소리쳤고, 열 살 아이는 내 눈앞에서 검붉은 피를 토했다. 머릿속이 하얘졌다. '은지를 잃을 수도 있겠다'라는 생각이 들었다. 그러던 중 은지가 입에 피 섞인 거품을 물더니, 일시적으로 경련을 했다.

　"산소 코로 주고, 입안 석션(suction: 흡입)하세요. 피는요?"

"저희 병원에 비축해둔 피가 없어서 혈액원에서 피가 오는데, 한 시간은 더 걸린다는데요."

'아, 진짜. 제대로 되는 게 아무것도 없네. 젠장.'

나는 다시 전화를 걸었다.

"소아과 선생님, 1년 차 양성관인데요, 응급실에 편도 수술후 출혈로 온 아이가 출혈이 많아 혈압이 떨어지는데 수액 라인이 안 잡혀요. 급해서 그런데, 제가 책임질 테니까 중심정맥관* 좀 잡아주세요. 부탁드릴게요."

그때 나는 1년 차였고, 아직 중심정맥관 삽입하는 걸 배우지 못했다. 내 전화를 받고, 고맙게도 소아과 선생님이 바로 달려와 허벅지 쪽으로 기다란 중심정맥관을 쑤셔 넣기 시작했다. 양쪽 팔에는 간호사가 한 명씩, 다리에는 소아과 선생님이 붙었다. 은지는 의식이 돌아오다 잃기를 반복했다. 그 가운데 마취과 김경희 과장님은 도착해서 곧바로 수술 준비에 들어갔다.

계속 노력을 했지만 정맥 라인을 잡는 데 실패했다. 근처 대학병원에 전원을 보낸다고 하더라도 구급차가 오는 데 15분, 가는 데 15분이 걸린다. 대학병원 응급실에서도 똑같은 조치

---

* 팔다리의 작은 말초혈관 대신 몸통에서 심장으로 들어가는 굵은 정맥에 삽입되는 관으로, 대량의 수액 및 여러 약물 동시 투여가 가능하다.

를 취할 것이었다. 보내려면 미리 보냈어야 했는데 이미 늦었다. 이비인후과 과장님이 오는 동안에 은지가 버틸 수 있느냐, 아니면 못 버티느냐가 관건이었다. 그전까지 할 수 있는 거라고는 정맥 라인을 잡기 위해서 혈관을 찾아 찌르는 수밖에 없었다. 이러다 입안의 피가 기도라도 넘어가면 바로 숨이 막혀 죽는다.

'제길, 제길, 제길.'

은지 혈압과 맥박수, 산소포화도는 마구 출렁였고, 당황한 나는 어쩔 줄 몰랐다. 할 수 있는 게 없었다. 오로지 은지가 괜찮기만을, 이상엽 과장님이 빨리 오기만을 빌 뿐이었다. 안절부절못하는 할머니가 옆에서 나와 은지를 바라보았고, 나는 은지와 붉은빛을 내며 경고음을 내는 모니터를 번갈아 응시했다.

간호사 선생님도 소아과 선생님도 추가로 정맥 라인을 잡는데 계속 실패했다. 은지의 입에서는 피가 솟아나고, 팔과 다리에는 실패한 주사 바늘 자국이 가득했다. 이비인후과 과장님이 빨리 와서 지혈에 성공하느냐, 아니면 중간에 응고된 피가 기도를 막아 질식사하거나, 그것도 아니면 결국 과다출혈로 인한 저혈량 쇼크로 사망하느냐. 은지의 생사가 갈림길에 이르렀다.

은지의 혈압이 떨어지고, 산소포화도도 떨어지며, 경련을 하기 시작한 지 10분? 아니 20분? 사실 얼마나 되었는지 정확히 알지 못했다. 마음 한구석에는 '하필이면 나한테 이런 일이 벌어지지'라는 생각과 함께 이게 사실이 아니기를, 이 모든 게 악몽이기를 바랐다.

"어때요?"

이상엽 과장님이 숨을 헐떡이며 예상보다 10분 빨리 왔다. 과장님을 껴안고 울고 싶었다.

"출혈은 안 멈추고, 바이탈이 흔들려요."

"바로 수술방 올려주세요."

나와 간호사는, 피를 토하면서 의식을 잃고 깨기를 반복하는 은지를 침대째로 수술방으로 밀고 올라갔다. 은지가 들어가고 수술방 문이 닫히자, 비로소 긴장이 풀려 수술실 바로 앞 의자에 주저앉았다. 몇 개월 전 우리 딸 주희가 세상에 나오기를 기다릴 때보다 더 초조하고, 시간이 길게 느껴졌다.

신청했던 피는 수술이 끝나고 나서야 도착했다. 수술실에서는 마취과 김경희 과장님이 우려했던 대로 기관삽관이 안 되었다. 기관삽관이 안 되니, 전신 마취도 할 수 없었다. 금속 고정기로 강제로 입을 벌린 채, 전기 소작기로 출혈 부위를 지졌다. 진통제를 쓰긴 했으나, 은지가 느껴야 했던 통증은 차마 말로 표현할 수 없을 정도로 끔찍했을 것이다.

수술은 간단했다. 20분 만에 수술방을 나온 은지는 의식은 있었으나, 아무 말도 못 하고 눈물만 흘리며 흐느꼈다. 비릿한 피 냄새가 복도를 가득 채웠다. 얼굴과 목, 가슴은 물론이고, 검은 머리까지 피로 완전히 젖어 있었다. 옷을 갈아입히고 나서, 간호사와 나는 피에 젖은 머리를 닦았다.

수술이 끝나고, 며칠 안 되어 은지는 퇴원했다. 다시 출혈이 생길까 조마조마하긴 했지만, 응급실로 다시 오지는 않았다. 그렇게 내 인생에서 가장 최악의 순간은 끝이 났다. 열 살 은지가 죽을 뻔했다.

처음부터 모든 게 문제투성이였다. 단 하나도 제대로 된 게 없었다. 환자가 사망에 이르는 대형사고가 날 뻔했지만, 병원도, 이비인후과 과장님도, 그 누구도 아무 말이 없었다.

그리고 몇 년이 지났다. 지금 이 글을 쓰는 순간에도 가슴이 쿵쾅거리고 식은땀이 흐른다. 은지가 과다출혈, 기도 폐쇄나 흡인성 폐렴 등으로 사망했다면, 나는 민형사상 소송뿐만 아니라 크나큰 죄책감으로 지금도 힘들어하고 있을 것이다. 5년도 넘게 지나서야 힘들게 그 일을 꺼내본다. 처음부터 바닥까지.

두 번 다시 같은 일이 발생하지 않기를 바라며, 무엇이 문제였는지 복기해본다.

도미노 이론: 유전적 요인 및 사회적 환경(간접 원인) → 개인 결함(간접 원인) → 불안전 행동 및 불안전 상태(직접 원인) → 사고 → 재해 순서로, 사고는 연쇄 반응 결과이고, 그중 하나의 원인만이라도 제거하면 사고를 막을 수 있다는 이론

1) 아이 전반적인 상태가 좋지 못했다

수술이 끝나고, 은지가 입원해 있는 동안 보호자인 할머니와 이야기를 나눌 수 있었다. 할머니는 연세가 많으셨을 뿐 아니라, 손 마디마디가 퇴행성 관절염으로 두꺼웠고, 피부가 갈라지고 터져서 성한 곳이 없었다. 손뿐만 아니라, 얼굴에 새겨진 깊은 주름이 할머니의 힘든 삶을 말없이 증언해주고 있었다.

은지 엄마는 은지 어렸을 때 집을 나갔고, 아빠는 돈을 벌러 다니느라 집에 잘 들어오지도 않는다면서, 혼자 은지를 키우는 게 힘들다고 하소연을 하셨다. 은지가 잦은 편도염에다 밤마다

심하게 코를 골았고, 수면 무호흡증까지 있어 수술을 받기로 했다고 하셨다. 간단한 수술이라고 들었는데, 일이 이렇게까지 커질지 몰랐다며 말하는 도중에 간간이 "이 불쌍한 것" 하며 눈물을 훔치셨다.

손녀가 항상 입에 먹을 것을 달고 산다고 할머니께서 대수롭지 않은 듯 말씀하셨지만 그리 간단한 문제가 아니었다. 불우한 집안 환경과 스트레스, 스트레스에 대한 방안으로 택한 폭식. 즐거워지기 위해 사람이 선택할 수 있는 가장 쉬운 방법이 먹는 것이다. 다만 그 즐거움은 먹을 때 잠시뿐이다.

은지가 행복해지기 위해 택한 폭식은 과도한 비만을 가져왔다. 몸이 무거우니, 조금만 움직여도 땀이 나고 숨이 찼다. 이는 신체활동 부족으로 이어지고, 신체활동이 부족하니 더욱 살이 쪘다. 그리고 텔레비전, 컴퓨터에 핸드폰까지 있으니 침대나 소파에 누워서 하루 종일 뒹굴거린다. 소파에 누워 텔레비전을 보면서 감자칩을 먹는 사람을 뜻하는 '카우치 포테이토'의 전형적인 경우가 바로 은지였다.

많은 사람들이 살을 빼려고 노력한다. 식욕억제제를 먹고, '원푸드 다이어트'라는 이름하에 한 가지 음식만 주구장창 먹기도 한다. 심지어는 검증되지 않은 약과 음식에 의존하기도 한다. 별의별 수를 동원하여 안 먹으며 다이어트를 하지만, 빠뜨린 질문이 있다. 왜 먹느냐이다.

동물은 기본적으로 에너지를 공급받기 위해서, 즉 생존을 위해 먹는다. 몸속에 포도당 농도가 떨어지면 아드레날린이 분비되어 혈당을 올리는데 손이 떨리고 초조해진다. 반대로 포도당 농도가 올라가면 기분이 좋아진다. 즉, 먹으면 행복해진다.

초콜릿, 사탕 같은 단당류가 주는 달콤함은 한두 살 된 아이조차 본능적으로 안다. 거기에다 지글지글 불에 구워진 삼겹살이나 곱창을 씹으면 지방 특유의 고소함을 느낄 수 있다. 그 고소함이 주는 만족감이란 스읍…… 입에 침이 고인다.

인간이 행복해지기 가장 쉬운 방법은 먹는 것이다. 직장인들은 스트레스를 풀기 위해 회식을 하고, 중고등학생들은 매점이나 편의점에서 라면과 과자를 먹는다. 다만 살이 찌고, 가끔 속이 쓰리다.

은지는 항상 우울했다. 그러다 보니 행복해지려고 끊임없이 먹었다. 하지만 그 값싼 행복은 심한 비만을 가져왔다. 편도도 크긴 했지만, 심한 비만은 코골이와 수면 무호흡증을 불러왔다. 게다가 목이 짧고 굵어서 기관삽관이 어려웠다. 그 결과 기관삽관이 안 되어서 전신 마취 없이 응급으로 재수술을 받았고, 그 과정에서 은지는 생명을 잃을 뻔했다.

이번에는 아슬아슬하게 넘어갔다. 은지의 불우한 집안 환경, 우울, 스트레스, 그로 인한 폭식, 비만은 앞으로 당뇨, 고혈압, 고지혈증부터 해서 수십 년이 지나면, 각종 심혈관계 질환의 위험성을 높일 것이다. 뿐만 아니라 학교와 더 나아가서는 사회생활에도 나쁜 영향을 미칠 가능성이 크다.

2) 수술 및 치료를 한 의사 문제

① 근본적 치료

나를 포함한, 은지를 진료한 의사들이 하지 않았던 것이 바로 '왜'라는 질문이었다.

환자가 왔다. 편도가 크고, 코를 골고, 수면 무호흡증이 있다.

'편도 및 아데노이드 수술 적응증이네. 오케이, 수술.'

절반만 맞았다.

'왜 코를 골지? 비만이 심해서. 근데 왜 비만이지? 폭식을 해서. 그렇다면 왜 폭식을 하지? 가정환경이 안 좋고 우울해서.'

어떤 의사도 이런 생각을 하지 않았다. 수면 무호흡증의 첫 번째 치료는 체중 감량이고, 실제로 살만 빠져도 50%에서 코골이와 수면 무호흡증이 호전된다. 그런데 그 어떤 의사도 은지의 우울, 스트레스, 폭식, 비만에 대해 깊은 이야기를 나누지 못했다. 은지를 회상하는 나도 지금에서야 깨달았다. 코골이는 어떻게 수술로 해결했지만, 우울과 그에 동반된 비만은 또 다른 문제를 일으킬 것이다.

'예방'에서 실패했다. 나를 비롯한 의사들은 은지의 근본 문제를 보지 못했거나 또는 알면서도 넘어갔다. 그럼 왜 의사들은 좀 더 환자에 대해 관심을 가지고, 그들의 이야기에 귀 기울이지 않을까? 치료가 아니라 예방 차원에 더 집중하지 않을까? 약만 주고 검사만 하자고 그럴까?

낮은 의료수가로 인한 3분 진료, 그로 인한 대화 및 신뢰 부족, 약을 주는 건 쉽지만 개인 생활 습관 변화의 어려움, 그리고 또⋯⋯.

② 수술 관련 문제

일반적으로 편도 수술 후, 출혈 부작용은 각종 논문과 교과서에 따라 다양하나 0.5%에서 10% 정도이다. 편도 껍질을 남기고 속만 파서 수술 후 출혈 및 통증 부작용을 줄이는 PITA

수술이 막 도입되기 시작하던 시기라, 은지는 전체를 잘라내는 고전적 절제술을 받았다. 편도를 잘라낸 부분이 50원짜리 동전 크기이고, 편도 자체가 혈관이 많은 부분이라 수술 후 출혈은 흔히 발생한다.

수술하고 24시간 이내의 출혈이면 대개는 수술 중 지혈과 소작을 소홀히 했을 가능성이 높으나, 은지는 36시간 정도 지난 후였다. 그렇기에 수술 과정에 출혈을 예방하기 위한 노력이 부족했다고 보기는 어렵다.

다만 1년간 이상엽 과장님이 편도 수술한 환자가 100여 명이 안 되고, 수술 후 출혈로 응급실을 재내원한 환자가 총 다섯 명이었다. 수술 후 출혈 합병증 발생 비율이 5% 이상인데, 이는 일반적으로 알려진 2% 미만보다 높았다.[*]

그러면 이상엽 과장님이 아니라, 다른 의사가 은지를 수술했으면 출혈이 발생하지 않았을까? 그에 대해서는 말하기가 어렵다. 시계를 돌려, 다른 의사가 다시 수술할 수는 없으니까.

[*] 건강보험 심사평가원 2016년 4차 7개 질병군 포관수가 적정성 평가 결과, 12세 미만 어린이인 경우 0.2~2%, 퇴원 후 재입원율 0.39%

3) 이비인후과 의사의 판단 착오 및 집이 너무 멀었다

이비인후과 과장님 집은 멀었고, 게다가 이비인후과 의사는 혼자뿐이라 대신해줄 사람이 없었다. 이비인후과에서 응급 수술이 필요한 경우는 다른 과에 비해 상대적으로 드물었지만, 만에 하나 발생 시 한 시간하고 30분은 너무 먼 거리였다.

결과만 놓고 봤을 때, 은지가 내원한 당시 마취과 김경희 과장님이 전원을 제안했을 때 전원하는 게 올바른 판단이었다. 이비인후과 과장님이 연락을 받고 병원에 오는 데 새벽임에도 80분이 넘게 걸렸다. 게다가 환자는 출혈이 심해 바이탈이 흔들렸다. 마취과 의사가 우려한 대로, 재수술을 하면서 기관삽관에 성공하지 못하면 수술 중 흡입성 폐렴이나 기도 폐쇄 등이 발생할 위험성도 상당히 높았다.

물론 모든 게 결과가 나온 상태라서 흔히 말하는 '내 이럴 줄 알았어'에 해당하는 사후 확신 편향일 수 있다. 하지만 1년간 편도 수술 후 총 다섯 번의 출혈이 발생했을 때도 같은 문제가 계속되었다. 목에서 피가 나는 환자가 응급실로 왔고, 이비인후과 과장님은 단 한 번도 환자를 전원시키지 않았다. 한번은 병원까지 오는 데 두 시간이 걸린 적도 있다.

1년 만에 이비인후과 과장님은 병원을 옮기셨다. 집 가까운 곳으로. 서로에게 잘된 일이다.

4) 포괄수가제 문제

외과, 정형외과, 산부인과는 수술 시간이 이비인후과에 비해 오래 걸리고, 수술 후 상태가 안 좋아질 수 있는 사람들이 많다. 그래서 당시 병원에서는 상대적으로 안전한 이비인후과 정규 수술을 금요일에 하도록 순서를 정했다. 금요일에 수술을 하고 나서, 토요일 아침에 의사가 회진을 돌면, 의사는 월요일 날 아침에 출근한다. 주말 동안 환자가 의사들 사이 말로 '깔려' 있게 된다.

① 입원 일수 감소

게다가 편도 수술은 입원 일수, 사용된 약과 기구에 상관없이 일괄적으로 똑같은 비용을 지불하는 '포괄수가제'이다. 2012년 7월부터 편도 수술에 포괄수가제가 적용되면서, 편도 수술을 받고 당일 퇴원하든, 일주일 후에 퇴원하든 환자가 내는 치료비가 똑같다. 그러다 보니, 병원 입장에서는 최대한 빨리 환자를 수술하고 퇴원시킨다.

실제로 포괄수가제가 실시되자, 포괄수가제에 해당하는 수술 환자의 입원 일수가 극적으로 줄어들었다. 제왕절개 같은 경우, 빅5에 해당하는 대학병원에서 입원 일수가 평균 9.6일에서 5.5일로 거의 반으로 줄었다.[*] 편도 수술도 예외가 아니어서, 특히 병원급에서 4.16일에서 3.42일로 입원 일수가 감소했다.[**] 심지어 국내 최고의 병원 중 하나인 S병원은 단순 편도수술일 경우 당일 입원, 당일 퇴원한다.

포괄수가제의 가격은 국가가 일방적으로 정한다. 포괄수가제를 실시하면 당연히 진료비가 줄어든다. 가격이 정해져 있으니 의사와 병원은 비용을 최소화할 수밖에 없다. 그중 하나의 방법이 환자를 최대한 빨리 퇴원시키는 것이다. 그로 인해 편도 절제술을 받은 아동은 짧은 시간 입원을 하고, 퇴원 후에 부모는 집에서 아이를 돌봐야 한다. 당연히 아동과 부모는 불안

[*] 상급종합병원 산부인과에서 포괄수가제 적용 이후 진료 형태의 변화, 김의혁·정용욱·김연경·박해용, 국민건강보험 일산병원 연구소

[**] 7개 질병군 포괄수가제 확대 시행 영향 분석, 정현진·조정현·손동국·김승희·김나영, 국민건강보험 건강보험정책연구원 연구보고서 2013

할 수밖에 없다.[*]

편도 수술이 국가에서 일방적으로 정한 포괄수가제에 해당하지 않았다면 어땠을까. 통증이 심하고 심한 비만인 은지는 며칠 더 입원해 있지 않았을까? 그러면 출혈 발생 위험이 낮아지고, 설령 출혈이 발생했더라도 출혈 후 내원까지 걸린 한 시간은 아낄 수 있었다. 포괄수가제가 영향을 미친 건 입원 일수의 감소뿐만이 아니다.

② 재료비 절감

포괄수가제가 도입된 이후로, 의사들은 편도선 절제술에 드는 비용을 최소한으로 줄이기 위해 이전에 광범위하게 사용되던 지혈제인 '타O콤'을 거의 사용하지 않는다. 엄지 손톱만 한 '타O콤'의 한 장 가격은 무려 8만 원으로, 그 작은 '타O콤'을 양쪽 편도에 한 장씩 두 장을 쓰면, 편도선 절제술 및 입퇴원 전체 비용의 20%를 차지한다. 수술해도 남기는커녕 손해

[*] An Integrative Review of Korean Nursing Studies on Pediatric Tonsillectomy
Kyoung Eun Yu1, Jin Sun Kim21 Graduate School, Chosun University; 2 Department of Nursing, Chosun University, Gwangju, Korea
Child Health Nurs Res, Vol.23, No.4, October 2017: 416-428
https://doi.org/10.4094/chnr.2017.23.4.416

를 본다.

전쟁(수술)을 하는데, 병사(의사)한테 총알을 많이 쓰면 돈이 드니 탄창을 딱 두 개만 주고, 더 필요하면 나머지(수류탄, 방탄조끼 등)는 죽든 살든 알 바 아니니 네 돈으로 사서 쓰라는 이야기다. 포괄수가제가 없어서, 예전처럼 붙이는 지혈제 '타O콤'을 썼다면 은지가 수술 후 출혈 가능성이 더 낮아지지 않았을까?

당시 많은 의사들이 포괄수가제의 이러한 문제들에 대해 우려를 표했으나, 언제나 그렇듯 정부는 '선시행 후보수'를 고집했다. 그리고 정책을 만든 사람들이 작성한 보고서에는 단점은 하나도 없었고, 자화자찬만 가득했다. 모든 게 좋단다. 메르스 때도 사람들이 죽어나가는데 국가는 스스로 잘 대처했단다.[**] 축하한다.

[**] 언론·국민들 탓만······ '반성 없는' 자화자찬 메르스 백서, JTBC 2016년 7월 29일 온라인판, 구혜진 기자

5) 수직적이며 권위적인 국가와 의료 문화

1997년 8월 6일 대한항공 801편이 괌에서 추락하여 탑승자 254명 중 228명이 사망하였다. 이 사건을 분석한 말콤 글래드웰의 명저 『아웃라이어』를 보면, 위계질서와 권위를 중시하는 사회일수록 비행기 추락사고 발생 빈도가 높다고 되어 있다. 슬프게도 위계질서와 권위를 중시하는, 즉 국가별 비행기 추락사고 발생 빈도가 높은 순위가 1위가 브라질이고, 2위가 한국이었다.

수직적 문화가 강한 한국에서, 그것도 모든 직업 중에서 군인 다음으로 위계질서가 강한 직군이 의사다. 군대에서 사라진 구타 문화가 아직도 의사들 사이에 남아 있어 가끔 뉴스에 나온다.

은지가 응급실로 왔을 때 일단 인턴이 맡았다. 인턴이 나에게 노티(환자 보고)를 한 순간, 은지에 대한 결정과 책임은 인턴에게서 레지던트인 나에게 넘어왔다. 내가 은지를 보고 이비인후과 이상엽 과장님께 보고를 하자, 은지에 대한 결정과 책임은 다시 나에게서 이상엽 과장님에게 넘어갔다.

이비인후과 이상엽 과장님은 자기가 가니까 기다리라고 했고, 마취과 김경희 과장님은 전원을 건의했다. 나 또한 전원이 더 현명하다고 생각했으나, 이상엽 과장님이 '전원'이라는 말에 화를 내자, 다시는 그 말을 꺼내지 못했다.

레지던트 1년 차인 내가 이비인후과 과장 판단을 따르지 않고, 독자적으로 결정을 내리는 건 사실상 거의 불가능하다. 군대로 따지면 이등병 따위가 중대장 판단이 틀렸다고, 자신이 옳다고 생각한 대로 하는 것이니까. 좀 더 수평적인 국가, 의료 사회였으면, 내가 이비인후과 과장님을 설득해서 전원 보낼 수 있었을까? 아니면 내가 주도적으로 전원을 결정했을까?

6) 그 중심에서 어쩔 줄 모르는 나

소아과 선생님이 중심정맥관을 못 잡고 있을 때, 내과 선생님한테 도움을 청했으면 어땠을까? 내과 선생님은 성공했을까? 지금의 나라면 잡을 수 있을까? 누군가가 중심정맥관을 잡을 수 있었다면 흡입성 폐렴, 기도 폐쇄에 의한 사망은 몰라도 저혈량 쇼크만은 해결할 수 있었다.

레지던트 1년 차인 내가, 병원에 없는 이비인후과 과장의 기다리라는 판단을 무시하고 전원을 보냈으면 어땠을까? 구급차가 오는 데 15분, 대학병원까지 가는 데 15분, 총 30분이니까 은지는 위험에 처하지 않았을 것이다. 다만 나는 이비인후과 과장님께 심한 질책과 비난을 받았을 것이다. 그럼 나는 똑같은 상황에서 어떻게 해야 했을까?

편법

몇 년 전으로 돌아간다면 나는 이렇게 할 것이다.

"할머니, 이비인후과 과장님이 오시는 데 한 시간 반이나 걸린대요. 근데 출혈이 갑자기 심해질 수 있어서, 바로 수술하는 게 안전하거든요. 옆 대학병원이 15분밖에 안 걸리니까, 그리로 가는 건 어떨까요? 그렇게 하는 게 낫지 않을까요?"

할머니를 설득시킨 후, 이비인후과 과장님께 다시 전화를 건다.

"이비인후과 과장님, 보호자분께서 못 기다리고 큰 병원 가신답니다. 과장님 오신다고 말씀드렸는데 혹시나 출혈이 더 심해질까 봐, 상태 안 좋아질까 봐 불안해서 바로 가시겠답니다.

안 오셔도 됩니다."

　그리 정직한 방법은 아니고, 한두 번만 쓸 수 있는 방법이지만 적어도 은지를 위험에 빠뜨리지는 않았을 것이다. 비록 의사이지만, 내가 할 수 있는 건 그리 많지 않다. 은지 가정환경과 은지의 우울한 삶도, 이비인후과 과장님의 수술 실력도, 어떻게든 환자를 빨리 퇴원시키도록 몰아가는 포괄수가제도, 권위적이고 수직적인 한국 사회와 의료 문화도 내가 바꿀 수는 없다. 몇 년이 지나서야 겨우 이렇게 용기를 내어 글을 써보는 게 전부이다.

+++ 뒷이야기 +++　　1. 실제로 찾아보니 편도선 수술을 받고 사망한 경우가 있었다.* 그것도 아주 최근에 내 모교에서 말이다.

2. 한 아이의 편도 수술 후 출혈에 대한 대응조차 이렇게도 많은 요인들이 영향을 미치는데, 신생아 네 명이 죽은 '이대목동병원 신생아 사망 사건'에는 무수히 많은 원인이 있었을 것이다. 이미 발생한 비극을

* 경남경찰 '편도 수술 5살 사망 사건' 수사, KBS 2020년 7월 23일 온라인판, 이형관 기자

되돌릴 수 없지만, 적어도 모두에게 불행한 일이 재발하는 것을 막아야 한다. 하지만 국가와 사회는 담당 주치의와 간호사에게 책임을 묻는 것으로 문제를 덮었다. 문제를 한 개인 문제로만 몰아가면, 또다시 같은 문제가 발생하고 모두 다 피해자가 된다. 세월호가 침몰하고, 메르스가 터져도, 진지한 보고서조차 나오지 않는 사회에서는 모두 다 피해자이며 동시에 가해자이다.

중환자실 가동률이 100%가 넘고(아주대병원 중환자실 가동률은 무려 175.4%이다*), 인력 절감을 위해서 의사 한 명이 중환자 스무 명을 넘게 보고, 간호사 한 명이 중환자 다섯 명씩이나 돌보는데도 불구하고 중환자실은 항상 적자다. 이런 비정상적인 구조에서 '이대목동병원 신생아 사망' 같은 사건이 일어나지 않으면 그게 더 비정상이다.

우리나라 최고의 병원으로 손꼽히는 S병원에서 외과 전공의를 하고 있던 동기가 하루는 자기가 담당하고 있는 입원 환자 수를 보여준 적이 있다. 81명이었다. 나는 경악했다. 이렇듯 우리나라 의료 시스템은 의사를 잠재적 살인자로 만든다. 81명의 환자를 전공의 한 명이 맡고, 25명의 중환자를 의사 혼자 담당한다.

---

* 외상센터로? 응급센터로? 환자 이송 혼선에 골든타임 놓친다, 한국일보 2017년 11월 28일 온라인판, 김지현·김치중·강주형 기자

모든 것이 문제투성이인 상황 속에서, 살 수도 있었던 사람들이 죽어간다. 그러한 상황을 바꾸기 위해 '골든아워'의 이국종 교수가 싸우고 있다. 사회가 짊어져야 할 책임을 억울하게 뒤집어쓴 채 이대목동병원 의사와 간호사 들은 재판을 받고 있다.

잠재적 범죄자가 될 위험 속에서 자신의 생명을 갉아먹으며 일하고 있는 대한민국 의료진, 그중에서도 특히 바이탈(생명)을 다루며 중환자를 보고 있는 의사와 간호사 선생님에게 존경과 안타까움을 금할 수 없다. 사회와 시스템이 잘못되었는데, 막상 사건이 터지면 모든 책임은 오로지 당신 혼자 져야만 하기에……

그런 상황 속에서 언제나 그렇듯 2020년 전공의 모집에서 바이탈, 즉 생명을 다루는 응급의학과, 산부인과, 소아과, 외과, 흉부외과는 미달되었다. 산부인과, 외과, 흉부외과야 그렇다 치고, '이대목동병원 신생아 사망' 때문인지는 몰라도 재작년에만 해도 1.14대 1이었던 소아과 경쟁률이 2019년 0.89대 1로 미달이 나더니, 2020년에는 0.69대 1로 더 떨어졌다. 의사도 살아야 하기에.

만지다

━━━━━━━━━━━━━━━━━━━━━━━╱╲╱━━━━━━━━━━━━━━━━━━━

觸

잘 키운 의사 아들, 아무 쓸모 없다

1

나는 만으로 36년을 살았다. 7년 전에 결혼을 했고, 일곱 살짜리 딸이 있는 한 집안의 가장이다. 의사로서 죽음을 수십 번 경험했다. 그런 나지만, 어머니에게 나는 영원한 아이일 뿐이다.

어머니의 직업은 '걱정'이셨다. 어렸을 때 '불조심해라', '차 조심해라', '몸조심해라'로 시작하여, 대학교를 다니면서 나가 살게 되자 '몸조심해라', '밥 챙겨 먹어라'로, 차를 사자 '운전 조심해라'에서, 비가 오면 '운전 조심해라'까지. 결혼을 앞둔 어느 날은 비가 오고 천둥이 치자 전화하셔서는 '천둥칠 때는 부부관계를 하지 마라'까지 말씀해주셨다.

수백 번을 넘어 수천 번 듣다 보니, 이제 전화로 또 걱정을 하시면 "잔소리는 사절합니다"라며 당신 말을 중간에 끊어버린다. 어느 순간부터 휴대폰이 유행이라, 자식 된 도리로 어머니께 휴대폰을 사드렸다. 본업을 포기하실 일 없는 어머니는 저녁 뉴스 시간이나, 아침 출근 시간에 이제 전화 대신 문자를 한다.

  - 비가 많이 오는 날이면 "아들도로가미그러워서운전하기힘들 게네어제뉴스에동두천교통사고많이났던데너희들걱정되네"(저는 의정부로 출퇴근합니다.)

  - "내일서우비엄청온단다출근하지말고비그치면출근해"(그러다 잘립니다.)

  - "비가많이와서집에있나집에물은안새나"(비 새면, 월세 안 주면 됩니다.)

  - 눈이 오면 "눈이많이와서걱정이네조심해서다녀요"(눈 많이 오면, 일 끝나고 일자산에 눈썰매 타러 갈 겁니다. 아이 신나.)

  - 날씨가 더우면 "아들날씨가많이덥다음식적당하게좀먹어라"

(적당하게 좀은 어떻게 먹는 건가요?)

– 어느 날은 "아들강동구아파트불났다는데혹시나너가사는아파트아니가" (강동구가 꽤나 넓습니다. 어머니. 연기 구경도 못 했습니다.)

– 중고차를 사자 "아들차번호문자로보내세요" (아들의 안전을 기원하는 굿 하시려고 그러죠? 굿판에 올라가는 돼지가 죽어서 저를 원망할 겁니다.)

– 메르스가 터졌을 때는 "아들너희병원에도한자가나왔네조심하세요" (어머니께서 걱정하실까 봐 차마 말씀은 못 드렸지만, 당시 메르스 환자가 저희 병원 응급실에도 한 명 왔고, 중환자실에도 한 명 있었습니다. 병원에 초비상이 걸렸습니다. 저는 어머니께 둘도 없이 소중하고 귀한 아들이지만, 병원에서는 말단 의사였습니다. 병원 밖 아스팔트에 간이텐트 치고, 방호복도 아니고 1,000원짜리 파란 일회용 하나 걸치고 원인 미상의 열난 환자들, 그러니까 메르스 가능성이 있는 환자들을 직접 보았습니다. 고글과 마스크 하나 끼고 비 오듯 땀을 흘리며 말입니다. 군대로 말하자면 최전선 수색대 역할, 아니 총알받이라고 할까요. 운 좋게도 메르스 환자와 직접 접촉하지는 않았습니다.)

– 매주 하는 전화라도 한 번 안 하면 "아들집에신경쓰는일이있나요" (베트남으로 해외 여행을 다녀왔습니다. 해외에서 전화하면 또 어머니께서 걱정하시느라 잠을 못 주무실까 봐 일부러 전화하지 않았습

니다. 게다가 당신께서 염려하시는 통화료도 많이 나옵니다.)

- 형네 딸이 감기라도 걸리면 "잘지내나주희(우리 딸 이름)감기
안하지" (이미 걸렸어요. 늦었네요.)

- 이상한 뉴스라도 본 날은 "아들폰유심칩에대해서알봐폰요
금이수백만원까지나온대인트넷에알아봐" (제가 의학 대신 정말 열
과 성을 다해서 배워보고 싶은 기술입니다.)

- 가끔 점괘도 보시는지 "함커번에큰것을노리면낭패를본다몇칠
의운세" (하이리스크, 하이리턴입니다. 어머니가 절대 빚내지 말라고
그래서, 빚 안 냈더니 아직 집도 못 샀어요. 지금 전월세 사는 집, 5년 전
에 4억 3천 했는데 지금 8억 5천 합니다. 5년 동안 저와 제 아내가 번 돈
보다 더 올랐습니다. 이 아파트 빚내서 샀으면, 5년 동안 일 안 해도 되
었습니다. 어머님의 30년간 가르침 '절대 빚내지 마라' 덕분에 아들은 평
생 일해야 할 듯합니다. 물론 '절대 보증 서주지 마라'는 가르침도 잘 지
키고 있습니다.)

그러다 가끔 다른 내용 없이 "전화해요"라고 짧은 문자가
오면, 무슨 일이라도 생긴 게 아닌지 가슴이 철렁 내려앉는다.
대개는 안부전화이거나, 이상한 문자가 왔는데 어떻게 해야 하
는지를 묻는 경우이지만, 가끔은 어머니가 아플 때도 있다.

case 1

– 전화해주세요 –

환자가 진료실을 나가기가 무섭게 떨리는 손으로 어머니에게 전화를 한다.

"어머니, 무슨 일이세요?"

"어, 진료 시간인데 바쁘제?"

어머니의 음성이 평소와는 다르게 기가 죽어 있고, 미묘하게 떨리고, 죄책감이 묻어 나왔다.

"아니, 괜찮아요."

"어, 다른 게 아니라, 요새 오른손 엄지와 검지로 물체를 잡고 있으면 나도 모르게 힘이 빠져서 물건을 놓친다."

'아, 큰일이네. 신경 문제네.' (혈관 문제면 대개는 모든 손가락이 저리고 아프다. 신경 문제면 저리거나 힘이 빠진다. 보통 접히는 손목이나 팔꿈치 부분에서 신경이 눌렸을 가능성이 높다.)

"언제부터 그랬어요?"

"좀 됐다."

"손가락이 저리지는 않아요?"

"저리지는 않은데, 힘이 없네."

"신경 문제 같은데, 정형외과 가보세요. 엑스레이 찍고 필요에 따라서는 초음파 같은 추가 검사를 할 수도 있어요."

"큰 병인가? 수술해야 되는 거 아니가?"

"정도에 따라 다른데, 그거 알아보자고 병원 가서 검사하는 거예요."

"그래, 일하러 가야 하는데, 나중에 가면 안 되겠나?"

"시간이 지나면 점점 더 심해지니까, 최대한 빨리 가세요."

"알았다. 내 갔다 오고 다시 연락할게."

case 2

– 아들 전화해요 –

"어머니, 어디 아파요?"

"다른 게 아니라 아침에 일어나서 딱 걷는데 발 뒤꿈치가 아프네."

"언제부터요?"

"며칠 안 됐다. 좀 걸으면 나으려나 했는데 안 괜찮아지네."

"정확하게 발 어디가 아파요?"

"그 뒤꿈치가 딱 땅에 닿는 데 있다이가, 거기 바로 앞이."

'전형적인 족저근막염 증상이네.'

"족저근막염 같은데, 그래도 혹시나 모르니까 정형외과 가보세요."

"족저근막염이 뭔데? 낫기는 하는 거가?"

"발바닥 근육이 뼈에 붙는 자리에 생긴 염증인데, 잘 안 나아요. 쉬면 괜찮아지고, 또 많이 걸으면 생겨요. 저도 걸려봐서 잘 알아요."

"니는 괜찮나?"

방금 전까지만 해도 잘못을 저지른 아이처럼 작게 말씀하시던 어머니가 다시 본업인 아들 걱정으로 복귀하셔서 그런지, 목소리가 커지며 생기가 돈다.

"괜찮아요. 저는 걱정 마시고 일단 정형외과 가보세요. 심하면 발바닥에 주사 놓는 경우도 있는데, 잘못 놓으면 더 심해지니까 주사 놓겠다고 하면 일단 안 맞겠다고 그러세요."

"그래, 알았다. 니도 단디 해라. 나야 늙어서 그렇다 치고, 젊은 니가 그리 몸이 안 좋으면 안 되지."

"어머니, 제가 의삽니다. 저는 걱정 마시고 어머니만 조심하시면 됩니다."

case 3

하루는 진료를 하고 있는데 폰이 부르르 떨리며 울린다. 혹시나 해서 힐끔 보니, '어머니'라고 뜬다.

"어머니한테서 온 전화라, 잠시만 받을게요."

환자에게 양해를 구하고, 전화를 받는다.

"아들, 바쁘냐?"

"네, 어머니, 제가 진료 중이라서 급한 일 아니면, 진료 끝나고 바로 전화할게요."

"어, 그래, 알았다. 미안."

눈앞에 내 도움이 필요한 환자가 있지만, 이미 생각은 어머니에게 가 있다. 낮에 내가 일하는 것을 알면서도 전화를 했으니, 뭔가 심상치 않다. 다행히 내 눈앞에 있는 임두섭 씨는 단순 감기였다. 두근거리는 가슴과 다르게 내 손은 자연스럽게 진찰을 이어간다. 설압자로 혀를 누르고, 청진기로 심장음과 호흡음을 듣지만 머릿속엔 어머니 생각으로 가득했다.

"단순 감기입니다. 약은 증상 완화제니까, 증상이 없어지면 치료는 자연스럽게 종결되고, 남아 있으면 한 번 더 오세요. 끝으로 궁금한 것이나 필요한 것 있을까요?"

이 말 또한 수천 번은 했으니, 자연스럽게 나왔다.

환자가 진료실을 나가자마자, 나는 어머니에게 전화를 걸었다.

"어머니, 무슨 일 있어요?"

"아, 아들아, 진료하는데 내가 방해했제? 이제 환자 없나?"

"괜찮아요. 환자 없어요. 어디 아파요?"

"아니, 다른 게 아니라 내가 살이 몇 달 사이에 엄청 빠졌네."

"얼마나요?"

"한 6개월 사이에 5kg 이상 빠진 것 같다."

머릿속에서 경고등이 울렸다. 6개월 이내에 체중의 5% 이상 빠진 체중 감소의 경우, 가장 흔한 것이 당뇨이고, 암, 기타 순서로, 무조건 정밀 검사를 해야 한다.

"다른 건요?"

"특별한 건 없는데, 이상하게 살이 빠지네."

"기침하거나, 변에서 피가 나오거나, 배가 아프거나 그런 건 없어요?"

"어, 다 괜찮은데."

"어머니, 일단 금식하고 근처 내과 가서 반드시 검사해보세요. 꼭 해야 돼요. 알겠죠?"

"왜? 큰 병이가?"

체중 감소의 원인으로는 네 명 중 한 명이 암이고, 그 외에 내분비 이상, 소화기 문제, 정신적 이상 등이 있다. 괜히 암 이런 말 해봐야 서로에게 좋을 리 없다.

"지금이야 알 수 없고, 아시겠죠? 꼭 검사하세요."

"그래, 그래 알았다. 내가 꼭 검사하고 다시 연락할게."

"그래요, 오늘은 밥 먹었을 거고, 내일 금식하고 아침 일찍 가세요."

"다음에 가면 안 되나?"

"안 돼요!"

나도 모르게 높아진 목소리에, 나도 놀랐다.

"그냥 제 말 듣고, 금식하고 가세요. 의사한테 최근에 살이 많이 빠져서 왔다 그러면, 알아서 검사할 거예요. 마지막으로 건강검진 언제 했어요?"

"나, 한 번도 안 했지."

'하, 명색이 아들이 의사인데, 어머니는 그 흔한 건강검진 한 번 안 했네. 내가 지금 누굴 살린다고 이 지랄이고. 엄마가 이상한 것도 모르고.'

이 외에도 어머니가 어디 어디 아프다고 그러면, 의사인 내 대답은 항상 똑같다. "병원에 가보세요"가 전부이다. 그러다 보니, 점점 당신께서는 어디 아프다고 아들 앞에서 말을 하지 않으신다. 슬픈 일이 아닐 수 없다.

+++ 뒷이야기 +++ 첫 번째 경우에는 팔꿈굴 증후군(주관절 터널 증후군, cubital tunnel syndrome)으로, 말 그대로 팔꿈치를 과도하게 굽혀서 팔꿈치를 지나는 신경 하나가 눌려 생긴 질환이었다. 담당 의사는 수술을 권유했지만, 어머니는 끝까지 안 한다고 하셨다. 나에게 자세하게 말은 안 했지만 세네 번 병원에 다니신 것 같았다. 그러다 당신이 직장 일을 그만두시고 팔을 안 써서 좋아졌는지, 괜히 내가 걱정할까 봐 아픈데도 말을 안 하는 건지 말씀이 없으시다.

두 번째는 예상한 대로 역시나 발뒤꿈치에 붙는 발바닥 근육 끝에 염증이 생기는 족저근막염이었다. 일을 하시지 마시라고, 형과 상의하여 용돈도 올려드렸다. 어머니께서는 놀면 뭐하냐고, 다시 하루 세 시간 청소하는 일을 하시겠다고 고집을 꺾지 않으셨다.

"어머니, 한 달에 60만 원 벌어봤자, 다쳐서 입원이라도 하면 한 달에 병원비는 둘째 치고, 간병비만 200만 원 넘게 나와요. 그러니까 일하지 말고 그냥 쉬세요."

자식 고생시킨다고 당신께서 제일 걱정하시는 '돈'과 '자식들에게 끼칠 피해'로 협박도 해보았으나 그 억지를 꺾지 못했다. 의사와 공무원 아들을 둔 어머니께서는 오늘도 하루 3만 원을 벌기 위해 청소를 하러 다니신다.

세 번째는 다행히(?) 당뇨로 나왔다. 관리만 잘하면 크게 문제 되지 않는 질환이라 한숨 놓았다. 나중에 더 자세히 들어보니, 당신께서 최근 들어 이유 없이 목도 자주 마르고, 소변도 많이 보았다고 했다. 다갈, 다음, 다뇨. 의대생이라면 모두 알고 있는 당뇨 3대 증상이었다. 의사가 아들이지만, 어머니가 당뇨인 것도 몰랐다.

아들, 기껏 고생해서 의사로 키워봤자 다 필요 없다.

외국인 겨드랑이에 '코박죽'

2

김해에서 20년, 산청에서 3년, 부산에서 7년, 총 30년을 경상도에서 살았다. 그리고 서른한 살 이후로 서울에서 살고 있다. 고향에 내려가면 친구들은 "니 서울말 재수 없다" 하고, 서울에서 환자들은 내 말을 듣고 대뜸 "고향이 경상도인가 봐요" 그런다. 나는 어디에도 속하지 못하는 이방인이다.

그 외에도 할 줄 아는 외국어는, 10년 넘게 배웠지만 아직도 백인만 보면 머리가 쭈뼛 서는 영어가 전부이다. 미국, 영국, 호주 등 영어권 국가는 단 한 번도 가본 적이 없고, 남들 다 가본 미국령인 사이판, 괌조차 가보지 못했다.

의사로 일하다 보면 가끔 정치인부터 운동선수, 연예인 등 다양한 사람들을 만나게 된다. 내 말투를 듣고, 어떻게 내가 경상도 사람인지 아는지, 환자가 경상도 사람이면 "선생님, 경상도시네요. 고향이 어디세요?" 물으며 아주 반가워하신다.

외국인도 온다. 조선족, 그리고 결혼 이민자인 동남아시아 아주머니를 제일 많이 만난다. 조선족이야 그 특유의 어투가 낯설기는 하지만, 의사소통에는 문제가 없다. 베트남 아주머니들은 '배 아파요', '어제부터요', '많이 아파요', '괜찮아요' 정도 표현이 가능하다. 말하는 것보다 듣는 것을 더 잘하는데, 내가 하는 질문도 곧잘 알아듣는다.

중국인이나 카자흐스탄, 우즈베키스탄 등 중앙아시아 사람들은 조금 힘들다. 대개는 혼자 오지 않고, 한국말을 조금이나마 할 줄 아는 직장 동료와 함께 온다. 내가 "어디 아파요?" 하면, 동료가 "와디 아즈멜라 오르겐? XWEGEGEHGR?"으로 환자에게 말을 전하고, 다시 환자가 말하면 그 말을 동료가 전달해준다. 시간이 다소 걸리고, 편도염이나 폐렴 같은 조금 어려운 단어가 나오면, 의사소통이 잘 안된다.

동료 없이 혼자 온 경우에는 환자분이 한국말을 할 줄 아는 친구에게 전화를 걸어 나를 바꿔준다. 내가 휴대폰으로 친구에게 말하고, 친구가 환자와 말하고 다시 나에게 말을 전해준다. 처음에는 몇 번 그렇게 하다가, 이제는 처음부터 폰스피커를 켜달라고 한다.

중국인

43세 남자, 왕슈잉이 왔을 때다. 작은 키에, 약간 검은 피부, 동그랗고 작은 얼굴이었다. 튀어나온 눈썹과 움푹 들어간 눈은 이름만 아니었다면 동남아 사람으로 착각할 정도였다. 문제는 혼자 왔다는 것이다. 땀이 삐질삐질 났다. 왜 외국인은 원장님이 아니라, 모두 다 나에게로 오는 걸까. 월급쟁이는 서럽다.

"어디가 아파요?"

"한국."

딱 한마디 하고는 고개를 절레절레 흔든다. 한국말을 못 한다는 뜻이다.

'저도 중국말을 못 합니다.'

그러고는 목을 만진다. 목이 아프다는 말이겠지.

"차이니스?"

"예스."

이걸로 우리 사이에 말로 하는 대화는 끝이다.

인터넷으로 구X을 켜서 번역기를 돌린다. 그리고 모니터를
환자 쪽으로 돌린다.

neck(목) ⟺ 颈部

pain(통증) ⟺ 颈疼痛

고개를 끄덕인다.

when(언제) ⟺ 颈几时

환자가 손으로 달력에 적힌 날짜를 가리킨다. 3일 전이군.

fever(열) ⟺ 颈发热

고개를 끄덕인다.

체온을 재니, 38.5도이다. 확실히 열이 있군.

cough(기침) ⟺ 颈咳嗽

rhinorrhea(콧물) ⟺ 颈颈流鼻涕

둘 다 없단다.

allergy(알레르기) ⟺ 颈过敏

medication(약) ⟺ 颈药物治疗

없고.

234

이런 식으로 증상에 대해 자세히 물어보고, 앓고 있는 질환, 먹고 있는 약 등을 파악한다. 진찰은 똑같다. 입 보고, 코 보고, 목 보고, 청진하고.

tonsilitis(편도염) ⇔ 扁桃体炎

antibiotics(항생제) ⇔ 抗生素

painkiller(진통제) ⇔ 止痛药

끝으로 question(질문) ⇔ 題

이렇게 진단 및 약 설명이 끝난다. 환자가 아예 자기도 구X 번역기를 켜서 하고 싶은 말을 표현하면 좀 더 편하다. 구X 번역기만 있으면, 깊은 대화는 안 되더라도 진료를 하는 데는 큰 문제 없다.

진료가 끝난 왕슈잉 씨는 얼굴에 만족감과 고마움을 띠고는 과도할 정도로 고개를 굽신거리며 연신 "고맙습니다, 고맙습니다" 그런다. 왕슈잉 씨 얼굴에 나타나는 안도감, 만족감, 그리고 미소와 함께, 21세기 최첨단 기술과 혁신을 진료에 도입한 자신에 대한 자부심으로 일에 보람을 느낀다.

백인 1

하루는 28세 올리비아 윌리엄이라는 백인 여자가 환자로
왔다. 나는 영어를 쓰는 백인 환자만 오면 주눅이 든다. 키는
나와 비슷하거나 약간 컸고, 금발 머리에, 얼굴엔 주근깨가 많
았다. 머리는 나보다 작으나, 몸은 강호동보다 더 뚱뚱했다. 40
대 중후반으로 보이는 왜소한 체격의 한국인 아줌마가 같이
왔다.

"Sorry, I can't speak Korean."(죄송하지만, 전 한국어를 못 해
요.)

(나도 영어는 잘 못하는데, 그래도 들리긴 들린다.)

"올리비아가 한국말을 못 해서 제가 말을 할게요."

올리비아가 영어로 말한다. '열나고, 온몸이 아파요'가 들
린 나는 통역을 기다리지 않고, "언제부터 그랬어요?(when
did it start?), 다른 동반 증상은 없어요?(Do you have any other
symptoms?)"라고 되물었다.

그때가 겨울이었고, 열이 심하게 났고 몸이 아프다기에, 독
감이 유행이니 독감 검사를 해보자고 했다. 결과는 예상대로
독감이었다. 타미플루라는 항바이러스제를 먹으면 조금 빨리

236

낫고, 약 먹는 5일간은 사람들과의 접촉을 피하라고 설명했다. 물론 영어로.

진료가 끝나고 나가면서 올리비아가 같이 온 한국인 아줌마에게 "Oh, he can speak English"라고 한다. 한국인 아줌마는 나에게 "선생님, 영어 잘하시네요" 한다. '이 정도쯤이야' 하고 속으로 으쓱했다. 그러자 아줌마는 "다른 사람들도 여기로 오라고 해야겠네" 한다. 속으로 아차 싶었다.

그 후로, 정말로 소문이 났는지 확실히 백인들이 늘었다. 그리고 항상 혼자서 왔다. 환자를 호출하면 진료실 문을 열고 들어와서는 다짜고짜 한다는 첫마디가 모두 "I can't speak Korean"이다. 우리나라에 왔으면 걔네들이 한국어를 써야지, 왜 우리가 영어를 써야 하지. 그리고 영어를 잘 못하는 내가 왜 기가 죽는 걸까.

"Oh, well, what can I do for you?"

미리 연습한 대로 한마디 하면, 백인 환자는 내가 영어를 꽤 한다고 생각하는지 속사포처럼 쏘아댄다. 70%? 사실 그것도 많고, 한 50% 정도 들리는 것 같다. 예를 들면 fever(열), myalgia(근육통), sore throat(인후통), rash(발진) 같은 아는 단어라도 나오면 고개를 끄덕이면서 대충 진료를 할 수 있긴 하다.

그렇지만 이마에는 식은땀이 흐르고, 가슴이 콩딱콩딱 뛴다. 진료가 아니라, 고등학교로 돌아가 영어 시험을 치르는 것 같다. 게다가 한국 사람들과는 다르게 질문은 왜 그리 많은지. 어떤 음식이 좋은지, 어떤 음식이 나쁜지, 무엇을 조심해야 하는지, 전염은 되는 건지, 마구 질문을 던진다. 그래 봤자 내 대답은 이렇다.

"Coffee, alcohol and hot food is bad."(커피, 술, 매운 음식이 안 좋습니다.)

초등학교 저학년 수준의 설명이 전부인데, 괜히 영어를 알아듣는 척해서 이 고생이다.

백인 2

하루는 키는 나보다 머리 하나는 더 크고, 프로레슬링 선수처럼 우람한 덩치의 45세 존슨이 왔다. 자기 목과 겨드랑이에 뭐가 있다며, 진료실에 들어와서는 내가 뭐라 할 겨를도 없이 내 앞에서 혼자 셔츠며, 티셔츠며 훌렁 벗어젖혔다.

'어어어, 제가 그런 취향은 아닙니다.'

238

한국 사람 중에서 가슴에 털 난 사람을 꽤 봤지만, 곱실거리는 노란 털은 처음이었다. 존슨이 가까이 와서 보라며 겨드랑이를 내 앞에 들이밀었다. 그 순간 누가 내 콧속에 식초, 아니 빙초산을 뿌린 것 같았다. 욱. 이게 말로만 듣던 서양인의 암내구나. 코 안을 송곳으로 마구 쑤시는 느낌이었다. 머리가 깨져나갔다.

나도 모르게 어금니를 꽉 깨물었다. 티를 안 내려고 억지로 참고 있는데, 존슨은 여기 안 보이냐며, 내 눈앞에 자신의 겨드랑이를 더 들이밀었다. 10년 전 육군 논산 훈련소에서 했던 화생방 훈련 때가 생각났다. 진료실 밖으로 뛰쳐나가야 하나. 눈앞이 흐려진다. 아, 이러다 죽겠다. 살려면 빨리 진료를 보는 수밖에 없다. 피, 똥, 오줌, 레이저 소작기인 보비로 살 태우는 냄새, 노숙자의 악취도 맡아봤지만, 이건 또 색다르다.

나는 숨을 참고, 흐려진 눈에 힘을 주며 재빨리 존슨의 겨드랑이를 쳐다보았다. 뭔가 보인다. 피부 밖으로 튀어나온 좁쌀 크기의 것들이. 아, 쥐젖이네. 피부과 지식도 지식이지만, 내 몸에 있기에 보자마자 알았다.

"오케이, 오케이. 갓 잇 갓 잇."(Okay, okay, got it, got it.)

그제야 존슨이 겨드랑이를 치운다.

"What is it?"(이거 뭐야?)

"Korean word, mouse nipple." (한국말로 쥐젖.)

"?"

전혀 못 알아들은 것 같다. 쥐젖이 영어로 뭐였더라. 이미 암내에 신경회로가 차단되어, 대뇌 회백질에 저장되어 있는 기억을 불러올 수가 없다. 컴퓨터로 쥐젖을 검색했다.

"Soft fibroma." (연성 섬유종.)

그제야 존슨이 알았다는 표정으로 옷을 주섬주섬 입는다. 살 것 같다. 눈에는 눈물이, 코에는 콧물이, 꽉 다문 양 입가로는 침이 흘러나온다. 전염되지 않으며, 그냥 놔둬도 되고 보기 싫으면 제거하면 되고, 여기서는 못 하고 피부과 가면 된다고 설명했다. 만족한 존슨은 연신 생큐, 생큐를 외치며 두 번이나 악수를 청했다. 존슨에게는 미안했지만, 존슨이 나가자마자 나는 창문을 열고 환기를 시키며, 페브O즈를 진료실에 뿌리기 시작했다.

오늘은 서양 남자 겨드랑이에 말 그대로 코박죽(코를 박고 죽다)할 뻔했다. 살다 보니 별일이 다 있다.

외국인 환자를 진료하는 게 의사소통 문제로 어렵기는 하지만, 나름 다양한 사람을 만날 수 있어 즐겁다. 중국, 일본, 베트

남, 캄보디아, 캐나다, 미국뿐만 아니라 카자흐스탄, 칠레, 에스토니아 등. 내가 의사가 아니었다면 60억 인구 중에 130만 명밖에 안 되는 에스토니아 사람을 언제 어디서 만나 대화할 수 있을까. 이렇게 또 생각하니 그때의 암내마저도 이국적인 체험이다. 그렇다고 두 번 다시는 맡고 싶지 않지만.

+++ 뒷이야기 +++ 현대경제연구원에서 2015년 2월 발행한 「외국인 전문 인력의 국내 체류 현황 및 시사점」에 따르면, 스무 가지 세부 항목별 외국인 전문 인력의 체류 만족도에서 의료 만족도는 3등을, 세부 항목별 어려움 정도에서는 19등을 차지했다. 의료에 만족하고, 진료에 거의 어려움을 겪지 않는다는 뜻이었다. 싸고, 빠르고, 거기에다 의사들이 어설픈 영어까지 하니 그럴 것이다. 그리고 영어를 쓰는 사람이 오면, 아무래도 영어에 주눅 든 의사가 환자 말을 잘 들어준다.

명의를 꿈꾸다

─────────────\/\\────────────

ȣ

    환자들은 명의를 바란다. 내가 아픈 원인을 속 시원히 밝혀 줄 의사, 내가 가진 질병을 바로 낫게 해줄 그런 의사 말이다. 의사들도 마찬가지다. 의대에 들어온 모든 학생들은 명의를 꿈꾼다. 처음에는 나도 그랬다.

    16년 전 해부학 첫 실습 시간, 나는 이때까지 아무도 발견하지 못한 인체의 장기를 처음으로 발견하는 꿈을 꾸었다. 예를 들면, 뇌 속에 텔레파시를 보낼 수 있는 땅콩만 한 그런 기관을. 그리고 그 기관에 떡하니 내 이름을 붙이는 것을 상상했다. 생각만으로도 짜릿했다.

지질학자라면 에베레스트산처럼 세계 최고봉에 자기 이름을 붙이고, 산악인이라면 힐러리와 텐징 노르가이처럼 최초로 에베레스트를 등정한 자가 되기를 꿈꾼다. 의사도 마찬가지다. 배꼽과 우측 골반뼈 위를 이은 선의 아래쪽 1/3 지점을 맥버니 포인트(McBurney's point)라고 하는데, 이는 맹장염, 정확히는 충수돌기염을 진단하는 데 가장 핵심적인 위치이다. 맥버니는 이 부위를 가장 먼저 발견한 미국 외과 의사이다. 그가 이 부위에 자신의 이름을 붙인 1889년 이후, 모든 의사들은 그의 이름을 기억한다. 닥터 맥버니는 유한한 육체의 한계를 넘어, 불멸의 명예를 얻었다.

의대생인 나는 나에게 명성을 가져다줄 장기를 찾는 걸 꿈꾸며 눈에 불을 켰다. 갓 입대한 신병은 '간첩이나 북한 잠수함을 신고하면 즉시 제대'라는 말에 혹해서 눈에 쌍심지를 켠다. 풀벌레 소리밖에 들리지 않는 철책선 너머 검은 수풀이나 파도치는 어두운 밤바다를 뚫어지게 주시한다. 물론 똑똑한 이등병은 그런 일은 뉴스에나 나오고, 현실에서는, 적어도 자신이 제대하기 전까지는 그런 일이 없을 거라는 것을 알지만 말이다.

눈이 초롱초롱하던 이등병은 얼마 안 가 하늘에서 쏟아져 내리는 쓰레기인 눈 치우기에 바빠지고, 곧 간첩이나 잠수함은 잊고 만다. 나 또한 코를 찌르던 포르말린 냄새에 적응할 즈음, 아무도 찾지 못한 장기를 기대하기보다 눈앞의 해부학 구조물 이름을 외우기조차 벅찼다.

결국 학점만 8학점이지, 실제로 주 여섯 시간의 수업에다가 주 3회 오후 시간 전체가 실습이었던 해부학은 지금 내 몸에 있는 수만 개에서 수십만 개로 추정되는 구조물조차 다 외우지도 못한 상태로 끝나버렸다.

맨눈으로 찾을 수 없다면, 인간에게는 도구가 있다. 이번에는 현미경을 써서, 새로운 장기나 기관 대신 '조직이나 세포'를 찾기로 했다. 수업만 주 여섯 시간에, 주 1회 오후 시간 내내 현미경을 들여다보는 '조직학' 수업이 있으니 해부학에서 실망할 필요가 없었다. 이탈리아 해부학자 카밀로 골지의 이름을 딴 '골지체' 같은 거 하나만 찾으면 전 세계 의사뿐만 아니라 생물학자와 심지어는 이과 고등학생들이 10년 후 미래에 내 이름을 외우며 생각할 것이다. '이 사람은 천재야, 한국

의 자랑이야.'

눈 주위로 500원 동전 크기의 렌즈 자국이 남아 판다 얼굴이 될 정도로, 정말 눈알이 빠지도록 현미경을 보았다. 하지만 얼마 안 가 새로운 기관이나 조직을 찾기는커녕 다른 사람들이 찾아놓은 세포와 조직 이름을 외우기에 급급한 나 자신을 발견했다. 눈이 침침해지는 건 덤이었다. 60조 개의 인체 세포 중에 내가 발견할 세포는 단 하나도 없었다.

밤하늘에 무수한 별이 있지만, 모든 별에는 이름이 붙어 있다. 달랑 망원경 하나를 가진 별밤지기 아마추어가 새로 찾아낼 별이나 혜성이 우주에 더 이상 없는 것처럼, 현미경으로 아무리 들여다본들 풋내기 의대생이 발견해낼 조직이나 세포는 없었다.

새로운 장기, 기관, 세포, 조직을 발견하는 데 실패했지만 나는 포기하지 않고 획기적인 신약을 만드는 것에 기대를 품었다. 나의 첫사랑은 끝나지 않았다. 대상만 바뀌었을 뿐이다. 생물학자 플레밍이 페니실린을 우연히 발견했듯이, 그런 행운이 나에게 찾아올지도 몰랐다. 사람 인생이란 건 아무도 모르니까.

생화학을 공부하면서 당 분해 과정*과 그에 이어지는 TCA 사이클**을 비롯해 요소 회로, 아미노산 대사 과정, 지질대사 과정, 에너지원인 ATP 합성 과정인 산화적 인산화, 포도당 신생 합성 외에도 수십 개의 회로가 나를 명의로 가는 길이 아니라 미로 속에 빠뜨렸다. 신약을 만들기는커녕 무수히 많은 회로를 암기하고, 완벽히 이해해야 겨우 남들이 아는 만큼 따라가는 것이었다. 생화학 시험은 말이 생화학 시험이지, 복사기 기능 테스트였다. 교과서에 있는 수십 개의 물질 분해, 합성 과정을 철자 하나 틀리지 않고 8절 시험지 열 장에 90분간 그대로 적어야 했다. 안타깝게도 내 기억 용량은 A4 용지 열 장이 최대였다.

신약을 만들려면 생화학이 기본 중의 기본인데, 내 머리로는 새로운 약을 만드는 게 불가능하다는 것을 깨달았다. 게다가 보이지도 않고, 알 수도 없는 성분을 외워야 하는 약리학, 1부터 시작해 154까지 이어지는 CD(cluster of differentiation:

* glucolysis: 포도당이 피루브산으로 전환되는 과정

** 시트르산 회로 또는 크랩스 회로: 세포 호흡의 중간 과정 중 하나로 산소 호흡을 하는 생물에서 탄수화물, 지방, 단백질 같은 호흡 기질을 분해해서 얻은 아세틸-CoA를 CO_2로 산화시키는 과정에서 방출되는 에너지를 ATP(또는 GTP)에 일부 저장하고, 나머지 에너지를 $NADH + H^+$, $FADH_2$에 저장하는 일련의 화학 반응(이상 위키백과)

아직도 정확하게 무엇인지 잘 모른다)와 마찬가지로 숫자가 달리는 IL(interleukin: 아직도 정확하게 무엇인지 잘 모른다)에 관한 면역학을 배우면서 그 깨달음은 확신으로 바뀌었고, 면역학을 내대학교 시절 가장 낮은 점수인 C0로 마무리했다. 행운 따위는 없었다.

기초의학을 마치고, 각종 질병에 대해서 배우는 본과 2학년이 되었지만, 아직도 환상을 버리지 못한 몇몇 의대생들이 남아 있었다. 나도 그 얼마 남지 않은 몇몇 중 하나였다. 갑상선기능 저하를 일으키는 대표적인 질환인 '하시모토병'은 이를 발견한 일본인 의사의 이름이었고, 갑상선 기능 항진증을 일으키는 대표적인 질환인 '그레이브스병'은 아일랜드 의사 이름에서 따왔다. 들쥐에서 유래한 한타 바이러스가 일으키는 유행성 출혈열은 한국 사람인 이호왕 박사가 발견한 감염병이다. 그는 질병이 창궐한 한탄강 이름을 따서, '한타 바이러스'라 이름 지었다.

'오, 멋진데. 나는 고향이 김해니까, Kimhae disease(김해 질환)라 명명하면, 전 세계 사람들이 내 고향 김해가 어딘지 한번씩 찾아보겠지. 이거, 근사하다.' 하지만 2단 편집으로 2000

페이지가 넘는, 게다가 15년 전 가격으로 16만 원이나 하는 내과 교과서 『해리슨 내과학』을 펼치는 순간 또다시 그 꿈은 산산조각 났다.

'해부학에서 내 몸에 있는 수만 가지의 장기 이름조차 다 못외운 내가, 여기에 나오는 수만 가지 질환을 다 알 수나 있을까.'

'지금까지 밝혀진 수만 가지 질환에다가 내가 새로운 질병을 추가하는 건, 미래 의대생들에게 너무나 큰 고통이자 고문일 거야.'

자신에 대한 한계를 깨달음과 동시에 후배를 위한 자비로움이 더해져, 영어로 된 『해리슨 내과학』을 덮는 동시에 꿈도 접었다. 두께가 8cm나 되는 『해리슨 내과학』은 고이 모셔두었다가 전쟁이 나면 참호를 만들거나 날아오는 총알을 막는 데 쓰기로 했다.

참고로 내가 오래전에 포기한 꿈을 누군가는 이어가고 있는지, 2006년도 당시 2783페이지였던 16판 『해리슨 내과학』은 20판까지 업데이트를 거듭한 끝에 현재 무려 3790페이지로 늘어났다. 물론 가격도 16만 원에서 29만 원으로 올랐다.

'새로운 조직, 장기'에 이어, '신약', '최초의 질환'을 발견, 발명하는 명의가 되기를 포기한 나는 본과 3학년이 되어 실습을 돌면서 또 다른 꿈을 꾸기 시작했다.

어렵기로 소문난 암 수술이나 이식 수술에 이 한 몸을 바쳐, 특정 분야에서 세계 최고 의사가 되는 것도 훌륭해 보였다. '세계 최초의 간, 폐, 신장 동시 이식' 같은 누구도 이루지 못한 수술이나, '의학 역사상 전무후무한 간 이식 천 케이스 달성'처럼 절대적으로 많은 케이스 또는 '기존 수술법과는 전혀 다른 일라이(Eli) 수술법으로 수술 시간 단축 및 생존율 비약적 향상' 같은 혁명적인 수술법에 도전하고 싶었다. 인체의 장기는 위, 대장, 간, 쓸개, 콩팥, 방광, 자궁, 난소, 전립선, 폐, 심장, 뇌, 눈, 코, 귀, 입까지 있으니, 미개척 분야는 그야말로 무궁무진했다.

'바로 이거야.' 비록 새로운 장기, 신약, 질환을 발견하거나 발명하지는 못했지만, 수술방에서 내 젊음과 인생을 바치기로 했다.

기다리고 기다리던 수술방 첫날이었다. 전날 밤에는 긴장, 기대, 설렘, 과도한 의욕으로 잠을 설쳤다. 뒤척이다 네 시간도 못 잤지만, 외과 의사가 되면 잠 못 자는 일은 다반사일 테니 잠 따위는 문제도 아니었다. 고등학교 때, 과목 중에 유일하게 '미'를 받은 과목이 미술이었지만, 그건 내가 태어나서 단 한 번도 미술 학원을 다닌 적이 없어서 그런 것이었다. 지금까지는 곰손이었지만 그건 해보지 않아서 그렇다고, 25년간 숨겨둔 재능을 이제 발휘할 때가 되었다고 생각했다. 설령 정말 곰손이더라도 항상 그래왔듯 끊임없는 노력으로 극복할 수 있을 것이다. 불가능이란 없으니까.

구둣솔 같은 수세미에 빨간약을 묻혀서 손톱 아래, 손가락 사이, 팔꿈치까지 피부가 따가울 정도로 씻었다. 외과 의사의 가장 기본이 손을 깨끗이 씻는 것이니까. 모든 게 완벽했다.

수술이 드디어 시작되었다. 교수님 뒤에 발판을 놓고, 시키지도 않았는데 두 계단이나 올라가 수술 부위를 내려다보았다. '오, 저게 살아 있는 사람의 소장이구나. 생각보다 피는 별로 안 나네.'

"꾸르륵."

항진된 장운동 소리가 걸 그룹 노래를 뚫고 수술실에 퍼졌다. 마취된 환자 배에서 나는 소리일 리는 없었다.

"꾸르륵."

사람들이 소리가 어디서 나는지 찾기 시작했다. 수술방 안, 모든 시선이 내 배를 향했다. 그것을 신호로 내 대장이 컨베이어 벨트처럼 움직이며 소화된 음식물을 항문으로 밀어 넣었다. 식은땀이 흘렀다. 아무리 항문 괄약근에 힘을 주어도 대장의 연동운동을 막을 수 없었다. 참다못한 나는 말도 못 하고 총총걸음으로 수술실을 뛰쳐나와 화장실로 달려갔다. 수술방에 있는 열네 개의 눈동자가 모두 나를 향했지만, 나중에 욕을 얻어먹을지언정 '수술실에서 똥을 싼 의대생'이라는 불후의 전설 속 인물이 되기는 싫었다.

외과에서 세계적 권위자가 되겠다는 소망은 수술 첫날, 30분도 안 되어 자극성 장증후군으로 인해 설사똥과 함께 하수도 구멍으로 사라져버렸다. 굳이 내가 수술에 숨겨진 재능이 있는지, 정말 곰손인지 확인할 수도, 확인할 필요도 없었다. 나폴레옹은 불가능은 없다고 했지만, 대장운동은 사람 의지와 상관없는 내장신경과 불수의근으로 작동하기에 참을 수도, 극복할 수도 없었다. 나는 지금도 환자를 보기가 무섭게 화장실로 종종 뛰어간다. 환자는 진료실에서 똥을 쌀 순 있지만, 의사가 진료실에서 똥을 쌀 수는 없다.

본과 3학년, 의대에 들어온 지 5년째가 되어서야 나는 비로소 새로운 질환, 신약, 독창적인 수술법, 특정 분야의 선구자 또는 최고 전문가가 되는 꿈을 버렸다. 그러자 남은 명의가 얼마 없었다. 그리고 본과 4학년, 의사 국가고시를 앞두고 명의에 대한 꿈은 잠시 미뤄두어야 했다.

한계

명의가 되겠다는 꿈은 잠시 접어둔 채, 6개월간 시험에만 매달렸다. 시험이라고 해봤자 1등이 아니라 커트라인만 넘으면 합격이다. 국가고시는 한겨울이었다. 시험 전날 긴장으로 잠을 설치고, 기름보일러 기름이 하필이면 시험 전날, 그것도 밤에 떨어져 오리털 점퍼에 모자까지 쓰고 잔 것 빼고는 괜찮았다. 합격률이 95% 이상이어서 쉽게 합격했다.

나 또한 대한민국의 남자라, 잠시 미뤄둔 국방의 의무를 3년간 지리산 아래 마을 산청에서 공중보건의로 이행했다. 하루에 60~70명씩 진료를 하는 지금과는 다르게 열 명에서 열다섯 명 정도로 한산했기에 할머니, 할아버지 목소리에 귀를 기울일 수 있었다. 60이 넘었는데 아직도 시집살이를 한다고 힘들어하시는 김복순 할머니 한풀이도 들었고, 수년간 와병 생활을 해온 남편이 죽자 오히려 속이 시원하다는 정옥순 할머니의 손을 잡아주며 "그동안 많이 힘드셨겠어요" 하고 위로를 건넸다. 저녁이면 초등학교 운동장에서 전교 1등이자, 유일한 1학년인 민규와 놀았다. 일요일 새벽에 가슴이 벌렁거린다며 보건지소 문을 두드리는 김순학 할머니를 눈을 비벼가며 봐주기도 했다.

어떻게든 마을 사람들에게 조금이나마 도움이 되려고 노력했다. 지금 생각해보면 친절하고 마음이 따뜻한 의사였으나, 의학적으로는 아는 게 없는 무능한 의사였다. 보건복지부 장관의 붉은 도장이 찍힌 의사 면허증이 있기는 했으나, 그건 의사 국가고시에서 60점만 넘으면 나왔다. 처음 진료를 할 때, 보건지소에 있는 겨우 60가지 약과 주사가 무슨 성분인지조차 몰랐다. 당연히 약의 작용 기전, 효과, 적응증은 알 수 없었다. 검색을 해서 약 성분을 알았다 처도 하루 투여량, 최대치, 부작용, 금기 등을 또 알아야 했다.

그뿐만이 아니었다. 6년간 '질병 이름 → 병태 생리 및 기전 → 증상 → 진단을 위한 검사 → 치료 → 예방' 순으로 배웠다. 예를 들면 '심근경색은 심장에 피를 공급하는 관상동맥이 막히는 병이고, 극심한 흉통을 호소하며, 심전도와 혈액 검사 그리고 임상 증상으로 진단한다. 치료는 혈전 용해제나 관상동맥조

영술을 한다' 순으로 지식을 습득한다. 실습을 돌면서도 환자가 이미 진단이 내려진 상태에서 어떤 치료를 받는지 배웠지, 의사가 어떤 사고 과정을 통해서 진단을 내렸는지는 알 수 없었다.

하지만 환자는 "내가 심근경색이요" 또는 "천식이요" 하며 오지 않았다. 대신 "가슴이 아파요", "보름 동안 기침을 해요"라며 나를 찾아왔다. 그러면 "언제부터 그랬어요?", "다른 동반 증상 있나요?"로 이어지는 질문을 하고, 보고 듣고 두드리고 만지는 진찰을 하면서 수백 가지 질환 중에서 가장 잘 들어맞는 질환을 찾아서 진단을 내려야 했다. 하지만 어찌 보면 가장 중요한 진단 내리는 법은 거의 배우지 못했다. 진단이 안 되니, 치료가 될 리 만무했다.

혼자서 열심히 책을 뒤져보았으나 책으로는 한계가 있었다. 감기, 두드러기, 장염, 잘 조절되는 고혈압, 당뇨 환자는 어떻게 해볼 수 있었지만, 사람들은 질병이 아니라 다양한 증상으로 마을에 유일한 의사인 나를 찾아왔다. 모든 걸 다시 공부해야 했다. 책은 책일 뿐이었다. 백 번 책을 봐도, 직접 환자를 한 번 보는 것만 못했다.

설사를 한다고 온 최말자 할머니 배를 꼼꼼하게 진찰한답시고 만지다가, 복부에서 대동맥류가 의심된다고 큰 병원으로 보냈다. 할머니는 며칠 후 큰 병원에서 CT 찍고 '정상'이라는 이야기를 듣고는 다시 나를 찾아왔다. 쥐구멍에 숨고 싶었다.

복부에서 만져지는 쿵쾅거리며 뛰는 이 대동맥이 정상인지, 아니면 동맥류인지 누가 알려주는 사람도 없었다. 초음파 같은 도구도 없었으며, 설령 있다고 해도 초음파를 어떻게 쓰는지도 몰랐다. 어설픈 나 때문에 죄 없자 할머니는 돈은 돈대로 쓰고 고생은 고생대로 했다.

아이가 팔꿈치가 빠져서 오기도 했다. 책에서는 팔을 잡고 이렇게 저렇게 돌리면 된다는데, 아이는 울고불고 난리인 데다가 생전 처음 해보는 거라 제대로 맞춰진 건지 아닌지 알 수 없었다. 보고, 하고, 가르쳐야 하는데 보지 않았으니 제대로 할 리 없었다. 지금이야 유튜브라도 있지만, 그 당시만 해도 유튜브 자체도 몰랐다. 나는 마음만 따뜻한 의사였다.

책을 읽다가 큰 충격을 먹었다.

"군대에는 네 가지 유형의 인간이 있다. 첫째, 똑똑하고 부지런한(친절한) 인간(의사)은 참모(전공의)로 적당하다. 조직(병원)에서 가장 필요한 인재다. 둘째, 똑똑한데 게으른 인간(의사)은 지휘관(교수)에 적합하다. 지휘관은 전쟁터에서 날쌔야지 평소 부지런하면 부하(전공의)들이 힘들다. 셋째, 멍청하고 게으른 인간(의사)은 시키는 일은 군말 없이 하므로 사병(인턴)으로 적당하다. (멍청하고 게으른 의사는 환자들이 먼저 알고 자연히 도태된다.) 마지막으로 멍청한 데다 부지런한(친절한) 인간(의사)은 작전(환자)을 망치고 동료(환자, 다른 의사)까지 죽일 수 있으니 즉시 총살시키는 것이 좋다."

가슴이 쿵쾅거리고 손이 벌벌 떨렸다. 나는 멍청한 데다 부지런한(친절한) 인간(의사)으로, 작전(환자)을 망치고 동료(환자, 다른 의사)까지 죽일 수 있으니 즉시 총살을 당해야 하는 인간(의사)이었다.

명의는 잊고, 적어도 환자에게 해를 끼치는 의사가 되지 않아야 했다. 무조건 수련을 받기로 했다. 운이 좋았다. 수련을 받으면서 의사로서뿐만이 아니라, 사람으로서도 존경하는 교수님들을 만날 수 있었다. 국내에서 가정의학이라는 분야의 초석이 되신 이혜리 교수님, 환자 말 한마디 한마디에 온 맘으로 귀 기울이시는 국내 호스피스 분야에서 손꼽히는 대가 심재용 교수님, 질병과 정상 사이 통증은 있는데 모든 검사를 해도 정상이라고 나오는 의학의 한계이자 미개척 분야에 도전하시는 이용제 교수님, 전공의에게 항상 관심을 가져주시는 정동혁 교수님. 이 밖에도 다른 많은 교수님들 옆에서 의학뿐만 아니라, 의사가 가져야 할 태도를 보고 배울 수 있었다.

수련을 받으면서 잊어버렸던 명의에 대한 꿈을 다시 꾸었다. 전문의가 되려면, 시험도 시험이지만 논문을 써야 했다. 수백 편의 논문을 읽었으니, '혹시나 나도 멋진 논문 하나 쓸 수 있지 않을까?' 하는 기대도 품었다. 의학 분야 최고의 저널인 NEJM에 논문이라도 실리면, 말 그대로 개인, 가문, 의국뿐만 아니라 한국 의학의 영광이다.

하지만 논문을 쓰기 위해서 가장 먼저 한 일은 '왼손잡이와 높은 아이큐와의 관련성', '성적과 비만과의 관계' 같은 거창한 주제를 잡는 것이 아니라, 데이터 정리였다. 요리사가 되려면 제일 먼저 배우는 게 독창적인 요리를 구상하는 게 아니라 양파 껍질 까는 법인 것처럼, 논문을 쓰려면 재료인 데이터가 필요했다. 며칠 밤낮 3천 명이나 되는 환자의 심전도 소견을 일일이 엑셀 파일에 입력하면서 '모든 일에는 단계가 있는 거겠지'라고 생각하며 버텼다.

드디어 재료 준비가 끝나고 칼을 잡을 시간이 왔다. 논문이

요리라면, SPSS 프로그램*은 식칼이었다. 살다 보면 아무리 좋은 사람이라도 나와는 상극인 경우가 있다. 나에게는 SPSS가 그랬다. 논문 강의 첫 수업이었던 통계에서 나는 도저히 SPSS와 친해질 수 없었다. 컴퓨터 포맷도 3만 원을 주고 맡기는 내가 엑셀보다 훨씬 어려운 SPSS를 다루는 건 무리였다.

그래도 어떻게 데이터를 정리하고, 뭔지도 모르는 코딩을 하고, 몇 달 동안 힘들여 논문을 쓰기는 했다. 하지만 식칼도 잘 못 다루는 주방장이 그럴듯한 요리를 만들어낼 리 없듯이, 다른 사람은커녕 나조차 먹기 힘든 요리가 나왔다.

『수학의 정석』을 쓴 홍성대처럼, 전 세계 모든 의대생과 내과 의사 필독서인『해리슨 내과학』, 외과의『외과학 사비스톤』, 전 세계적이지는 못해도 적어도 우리나라 모든 의대생들이 사서 보는『홍창의 소아과학』같은 명저를 쓰는 것은 처음부터 아예 상상도 하지 않았다.

시간이 흘러 이제 현실을 깨달은 나이가 되었다. 아무도 발견하지 못했던 기관이나 조직, 세포를 찾지 못했고, 새로운 질

---

* SPSS 프로그램: Statistical Package for the Social Sciences로 사회 과학용 통계 프로그램이다. 더 이상의 설명은 할 수가 없다.

환을 찾아서 내 이름을 붙이지도 못했다. 신약을 발명하는 건 엄두도 낼 수 없었고, 특정 수술이나 질환의 권위자가 되는 건 까마득히 멀어 보인다. 앞에서 말했던 교수님같이 의학뿐만 아니라 삶에서도 모범이 되는 반면교사가 되기도 어려울 것 같다. 치료에 도움이 되는 논문이나 명저의 저자가 되기도 불가능해 보인다.

다시 도전

글을 쓰면서 명의를 분류해보았다.

1. 새로운 조직, 기관, 세포 발견
2. 새로운 질환 발견
3. 진단을 잘하는 의사
   ⇒ 병을 진단함

4. 신약 발명
5. 특정 분야(수술 포함)의 전문가

⇒ 병을 치료함

6. 훌륭한 스승

7. 치료에 도움이 되는 논문의 저자

8. 많은 학생들과 의사들에게 도움이 되는 명저의 저자

   ⇒ 다른 의사가 명의가 될 수 있도록 간접적으로 도움을 줌

생각을 정리하다 보니, 이제 나에게 남은 명의라고는 하나밖에 없다. 진단을 잘하는 의사이다. 진단을 잘하는 의사란 누구일까? 암을 진단했다고? 죽어가는 우리 아버지를 살렸다고? 냉정하게 말해서 그 의사가 아니라 다른 의사가 진찰을 해도 같은 결과(암 진단 또는 회복 등)가 나왔다면 명의라고 보기 어렵다. 셜록 홈스가 명탐정인 이유는 런던 경찰청의 레스트레이드와 그렉슨이 해결하지 못한 사건을 풀어내기 때문이다. 마찬가지로 '명의'는 '다른 의사'들이 놓친 병을 진단하거나, 치료하기 어려운 질환을 낫게 해야지만 명의라고 할 수 있다. 나는 신약을 개발하거나, 특정 질환의 대가가 아니므로 마지막으로 남은 명의의 길은 남들이 놓친 병을 진단하는 수밖에 없다. 10년 넘게 의사로 살면서 스스로 명의라고 부를 수 있었던 경우

는 얼마나 될까?

1. 감기로 온 55세 김종환 씨를 진찰할 때였다. 마른 얼굴에 비해 배가 올챙이처럼 불룩 튀어나와 복수를 의심하고, 결국 초음파로 간경화를 진단했다.

2. 58세 이수헌 씨는 계속되는 복통으로 위염을 진단받고 수차례 병원을 다녔으나 차도가 없었다. 위염치고는 통증의 위치가 배 가운데서 우측으로 2~3cm 떨어져 있어서, 결국 복통의 원인이 담석임을 찾아냈다. 꼼꼼한 진찰 덕분이었다.

3. 허리가 아프다고 정형외과를 다녔던 67세 정대환 씨 배를 만지다 복부 대동맥류를 발견했다. 정형외과에서 촬영한 허리 엑스레이상 아주 희미하게 달걀 크기의 뿌연 음영이 있었으나, 처음부터 복부 대동맥류를 의심하지 않았으면 놓쳤을 것이다. 이전에 정상인데 쓸데없이 CT를 찍으러 보냈던 쇠말사 할머니 덕분에, 고령인데 배가 아프면 복부 대동맥류를 잊지 않았다.

4. 일주일간 원인 불명 열로, brain MRI, 복부 CT, 뇌척수액 검사까지 한 50대 임채관 씨가 대학병원에 왔다. 당시

응급실 인턴이었던 나는 진찰 도중 몸에 발진을 발견하고 온몸을 뒤진 끝에 진드기에 물린 상처를 찾아냈다. 쯔쯔가무시였다. 이미 다른 병원에서 쯔쯔가무시 항체 검사까지 했으나 아니라고 나왔다. 검사조차도 항상 100% 정확하지는 않다. 마침 내가 진찰한 그날 몸에 발진이 생겨서 발견할 수 있었다. 운이 좋았다.

5. 허리가 아프다고 응급실에서 온 환자를 정형외과 의사가 자기 과로 입원시켰다. 당시 응급실 담당이었던 레지던트 1년 차인 나는, 열이 나고 엑스레이상 폐렴이 의심되어서 내과에 의뢰했더니 폐렴이 아니라고 했다. 찜찜했던 나는 독단으로 폐 CT를 찍어 심장 뒤에 숨겨진 5cm 크기의 폐농양을 찾아냈다. 소신을 굽히지 않고 끝까지 의문을 품은 덕분이었다.

6. 몇 년째 수면제를 타 드시던 62세 김영숙 씨는 "혹시나 해서 묻는 말인데, 마음이 무겁거나, 우울하지는 않으세요?"라는 내 물음에 갑자기 펑펑 울기 시작했다. 잠이 안 온 이유가 불면증이 아니라, 우울증이었던 것이다. 유명 배우 OOO 사건을 유심히 본 덕분이다.

7. 술에 엄청 취한 71세 임정배 할아버지가 119를 타고 응

급실로 왔었다. 대개는 술 취한 환자가 오면 링거 하나 꽂아두고 술 깰 때까지 지켜보는데, 그날은 이상하게도 꼼꼼히 신체검사를 다 했다. 술주정하는 할아버지에게 온갖 쌍욕을 얻어먹어 가며 억지로 팔다리를 꼬집었다. 왼쪽 다리가 잘 안 움직여서, 나중에 또 욕 얻어먹을 각오를 하고 큰 병원 신경과로 급히 보냈는데 뇌경색으로 진단되어 다음 날 아내분이 고맙다며 찾아왔다.

이 외에도 몇 가지 경우가 더 있지만, 10년간 스무 건이 안 된다. 반대로 다른 의사였다면 진단했을 텐데 내가 놓친 경우는 얼마나 될까? 내 진단이 틀렸고, 다른 병원에서의 진단이 옳았다면, 대부분의 환자가 나에게 다시 오지 않기 때문에 제대로 알 수가 없다.

내 지식이 부족해서 필요 없는 검사를 했거나, 괜한 걱정을 안겨주지는 않았을까? 앞에서도 말했지만 잘 모르면서 복부 대동맥류를 의심해서 멀쩡한 최말자 할머니 복부 CT를 찍게 했다. 그뿐만이 아닐 것이다.

다른 의사였으면 안 했을 텐데, 나라서 했던 실수들은 없을까? 지금까지 중심정맥관 삽입술을 하다 환자 세 명에게 기흉을 만들었다. 한 명은 워낙 어려운 케이스였고, 다른 한 명은 아래 연차를 가르치다 만들었다. 마지막 경우는 주사기를 딱 찔렀는데 피 대신 공기가 나와서, 기흉이 생긴 걸 즉시 알아차렸다. 그것도 어이없이 원래 찔러야 하는 곳보다 무려 2cm나 아래를 찔렀다. 지금 생각해도 내가 왜 그랬는지 잘 모르겠다. 일이 밀려 있었던 것도 아니고, 밤새 일해서 피곤한 것도 아니었고, 수십 번이나 연속으로 성공할 때라 '눈 감고도 중심정맥관 잡겠다'라고 농담을 할 정도로 자신감에 차 있었는데 말이다.

내가 판단을 잘못 내린 적은 없었을까? 한번은 반드시 줘야 하는 약이 있었는데, 깜빡 잊고 퇴원할 때 처방하지 않았다. 그 실수로 환자가 죽을 뻔했다. 누가 봐도 100% 주치의인 내 실수였다. 다른 한번은 환자 산소포화도가 떨어져, 보호자에게 동의를 구하고 바로 기관삽관을 했어야 했는데, 너무 늦게 한 적이 있다.

그 외에도 내가 알지 못하는 일들이 많았을 것이다. 〈다른 의사가 아니라 '나'여서 살린 환자, 또는 진단을 내린 환자〉에서 〈'내'가 아니라 다른 의사였다면 살렸을 환자, 또는 진단을 내렸을 환자〉를 빼면 지금까지 플러스일까, 마이너스일까.

처음 의사가 되었을 때는 계속 마이너스였다. 수련을 받으면서 가끔 플러스가 있긴 했지만, 실수와 시행착오를 거치며 마이너스가 더 많았다. 그리고 지금은 마이너스가 간혹 있지만 플러스를 천천히 채워나가고 있다. 어느 순간 확실히 플러스가 되면, 그제야 의사를 그만둘 수 있을 것 같다.

+++ 뒷이야기 +++

"질병을 돌보되 사람을 돌보지 못하는 의사를 작은 의사라 하고, 사람을 돌보되 사회를 돌보지 못하는 의사를 보통 의사라 하며, 질병과 사람, 사회를 통일적으로 파악하여 그 모두를 고치는 의사를 큰 의사라 한다."

꿈에 부풀었던 20대 초반에 읽은 『닥터 노먼 베쑨』 서문에 나오는 글귀이다. 아직 질병도 돌보지 못하는 나는 작은 의사조차 되지 못했으니, 책을 읽을 때마다 부끄럽기만 하다.

따뜻한 엄마 손길을 그리며

〰〰〰〰〰 ⩘ 〰〰〰〰〰

4

마음이 따뜻한 의사의 손은 차갑다

윤정이 손을 처음 잡은 것은 2009년 4월 4일, 신라의 달밤 아래였다. 구름 한 점 없는 깊고 푸른 밤하늘에는 보름달을 딱 반으로 가른 듯한 반달이 걸려 있었다. 2000년 전 궁전이었던 반월성에는 벚꽃들이 성벽을 지키며 화살 대신 하얀 꽃잎을 흩날리고 있었다. 성벽 아래 노란 유채꽃은 조금이라도 더 달빛을 받기 위해 하늘에 뜬 달을 향해 얼굴을 내밀었다.

지금이나 그때나, 사람이나 여자한테나, 숙맥인 나로서는 스킨십이 커다란 난관이었다. 봄, 달, 밤, 유채꽃, 벚꽃이 어우러진 경주는 가히 환상적이었으나, 나는 어떻게 하면 이 기회에 윤정이 손을 잡을 수 있을까, 속으로 끙끙대고 있었다.

　사귄 지 한 달도 되지 않아서 아직 서먹서먹했다. 꽃이 만발한 길을 걷는데, 말이 끊기고 침묵이 돌았다. 머릿속에 풀지 못한 문제로 대화에 집중할 수 없었다. 말이 끊어질 때마다 찾아오는 어색함을 흩날리는 하얀 벚꽃과 달빛이 채웠다.

　1년에 몇 번 찾아오지 않는 아름다운 밤이었다. 유채꽃이 핀 들판을 지나, 벚꽃이 흐드러지게 핀 반월성으로 걸어갔다. 성벽으로 올라가는 길이 약간 가팔라서 먼저 올라간 내가 나도 모르게 윤정에게 손을 내밀었다. 윤정이는 내가 내민 손을 망설임 없이 잡았다. 지금이나 그때나 높이가 5m 남짓한 반월성이라, 오르막길은 2~3초 만에 끝나버렸고, 오르막길이 끝나자 당황한 나는 우연히 잡게 된 그녀의 손을 살며시 놓았다.

　'아, 실수했네.'

　손을 놓자마자 깨달았다. '어떻게 하지, 다시 잡아야 하나?' 그렇게 또 망설이고 있는데, 이번에는 윤정이가 내 손을 잡았다. 윤정이도 나도 부끄러워 서로 쳐다보지도 못했다. 다만 이번에는 둘 다 잡은 손을 놓지 않았다.

봄날이긴 했지만 밤은 조금 쌀쌀했고, 윤정이는 조금 추워서 떨었다. 그날 나는 윤정이를 살짝 안아주었다. 윤정이는 그때나 10년이 지난 지금이나 내가 따뜻해서 좋다고 했다. 손도, 몸도, 마음도.

그때는 10년 전 꽃이 만발한 경주의 봄이었고, 지금은 세 평 남짓한 진료실의 겨울이다.

"환자분, 목을 진찰할 건데 제 손이 좀 차가워요."

의사인 내 손은 유난히도 차갑다. 환자가 놀랄까 봐 먼저 양해를 구한다. 나는 크고 따뜻한 손을 갖고 싶었다. 크고 따뜻한 손으로 수술도 잘하고, 사람도 어루만져주고 싶었다. 내 손을 가만히 들여다본다. 손가락은 짧고, 손바닥만 넓다. 투박한 데다 앞에서도 말했지만 손으로 하는 데는 젬병인 곰손이다.

몇 년 전 병동에 있는데 처음 보는 간호사 두 명이 손에 뭔가를 들고 나를 쫓아왔다.

"저기요, 선생님."

"네, 저요?"

"네, 선생님요."

왠지 느낌이 안 좋았다. 병원도 군대와 똑같다. 아무 일도 없는 게 제일 좋다.

"바쁜데 왜 그러세요?"

"네, 병원 내 감염을 막기 위한 손 씻기 캠페인을 하고 있는데요……."

'쩝…… 내 이럴 줄 알았다…….'

"의사 선생님들이 손을 올바른 방법으로 씻고 있는지 확인하고 있습니다. 여기 손바닥에 젤을 짜줄 테니까, 손을 씻고 나서 이 젤리에 손을 찍어주세요. 그리고 이름, 연락처, 메일 주소를 적어주시면, 균 배양 검사 결과가 나오는 대로 보내드릴게요."

손 씻고 균이 안 나와봤자, 당연한 것이다. 손을 소독했는데도 균이 나오면 난 병원균이나 옮기는 더럽고 나쁜 의사가 된다. 도망가야 했다. 총총걸음으로 자리를 피하는데 자꾸 나를 쫓아왔다.

"선생님, 제발요. 부탁드려요."

아예 내 가운을 잡고 늘어졌다.

"알겠어요, 알겠어요. 일단 옷부터 좀 놔주세요."

손에 가래침 정도의 손 소독제를 묻히고 열심히 비볐다. 손
가락을 활짝 펼친 다음 깍지 끼고 문질렀다. 엄지손가락은 따
봉 한 상태로 다른 손바닥으로 덮은 채 세탁기 돌리듯 돌렸다.
반지는 원래 안 끼니까 괜찮았다. 마지막으로 청진기를 닦았
다. 손에서 알코올과 알로에가 섞인 기분 나쁜 냄새가 났다. 손
이 끈적끈적해졌다.

그리고 그날 일을 잊고 있었는데, 며칠 지나 병동에서 내 옷
자락을 붙잡고 늘어졌던 간호사를 만났다.

"선생님, 그때 균 배양 검사하셨죠?"

'아, 설마.'

"양성관 선생님 맞으시죠?"

"네."

"보자, 여기요. 균이 조금 나오긴 했는데 그래도 깨끗한 편
이네요."

며칠 전 애원하던 표정과는 다르게, 말투에 거드름이 묻어
났다. 이럴 줄 알았다. 간호사가 내민 녹색 접시에는 내 손자국
과 손가락 틈 사이로 소금을 뿌린 듯 노란 점들이 보였다. 저게
다, 포도상 구균이겠지.

"다음부터는 좀 더 열심히 씻으세요."

아예 초등학생한테 훈계를 하는 선생님 어투다.

"네, 알겠어요."

목소리가 기어들어 갔다. 전세가 역전되었다.

미국 질병통제예방센터(CDC)에 따르면, 매년 미국인 200만 명이 병원에 입원해 있는 동안 감염되고, 그중에 9만 명이 감염으로 사망한다. 집이든, 병원이든, 의료진 손이든, 가족 손이든 어느 곳에서든 균이 산다. 균이 병원에 살면 병원균이 된다.

지금 당신 손바닥, 그중에서도 새끼손가락 한 마디에 부산시 인구에 해당하는 300만 개의 세균이 산다. 두 손? 인간의 두 손에는 지구에 있는 인간 수만큼의 세균이 있다. 특히 더러운 엄지손톱 아래에는 서울시 인구 정도 되는 천만 개의 세균이 오순도순 살아가고 있다.

이 세균들이 병원에 입원한 사람들에게 감염을 일으킨다. 병원에서 항생제를 맞고 있는 사람들 중 일부에서 가끔 항생제를 이겨낸, 즉 항생제에 내성을 지닌 세균이 나온다. 일명 슈퍼 박테리아다. 이 슈퍼 박테리아는 이겨낸 항생제와 세균 종류에 따라 이름이 정해진다. '메티실린'이라는 항생제에 저항성을 가지면 '메티실린 내성 황색 포도상 구균(MRSA)', '반코

마이신'이라는 항생제에 저항성을 가지면 '반코마이신 내성 황색 포도상 구균(VRSA)'으로 불린다. 항생제 종류가 많으니, 슈퍼 박테리아 종류도 다양하다.

세균이 몸에 들어오면, 우리 몸이 알아서 세균을 잡아 죽인다. 하지만 몸이 허약한 사람, 특히 중환자실 등에 있는 면역저하자라면 세균이 몸에서 번식해서 감염을 일으킬 확률이 높아진다. 게다가 병원에서 닳고 닳은 슈퍼 박테리아가 운 나쁘게 범인이라면, 기존 항생제 말고 더 강한 항생제를 쓰거나, 여러 종류의 항생제를 동시에 써야 하므로 치료가 어려워진다.

적군이 총을 맞고도 끄떡없어서 수류탄을 터뜨려서 죽인다고 생각하면 쉽다. 문제는 총으로 안 되어서 수류탄을 계속 쓰다 보면 다음번에는 수류탄을 맞고도 안 죽는 적군이 나타난다는 데 있다. 그러면 의사는 또 다른 신무기, 즉 새로운 항생제를 개발해야 한다.

나는 신약을 만들지는 못하니까, 병원 내 감염을 막기 위해 할 수 있는 것이라고는 부지런히 손 씻는 것밖에 없다. 정석대로라면 일반 비누가 아닌 항균 비누로 1분 이상 씻어야 한다. 수술이야 두세 시간 걸리니까, 기껏해야 하루에 세 번 정도 씻으면 되지만, 수십 명의 환자를 보는 외래나 병동에서는 이게 불가능하다. 그래서 나온 게 손소독제이다.

　손소독제를 사용하면 걸리는 시간이 몇 분에서 15~30초 내로 줄어든다. 다만 단점은 주성분이 알코올이다 보니 냄새는 그렇다 치고 휘발성이 강해, 자주 사용하면 손이 튼다. 하루에 50번 정도 62%의 알코올을 손에 바른다고 생각해보자. 참고로 소주가 16.9%, 위스키가 40%, 술 중에서 가장 알코올 도수가 높은 고량주가 58%이다. 아무리 첨가제를 넣었다고는 하지만 계속 바르다 보면 손이 간지럽고, 심하면 따갑기도 하다.

　하루는 감기 환자를 보고, 알코올 젤을 짜서 손을 비비다가 "크아악" 비명을 질렀다. 손등에 언제 다쳤는지도 모르는 속눈썹만 한 작은 상처가 있었다. 알코올 소독제가 피부 장벽 틈으로 나의 정상 세포들을 무차별적으로 공격한 것이었다. 예상치도 못한 통증이라 더욱 아팠다.

　알코올 소독제는 특유의 냄새, 진득거리는 감촉, 예상치 못한 통증만 있는 게 아니다. 추운 겨울에는 알코올이 기화하면서 주위의 열을 빼앗아 간다. 손을 자주 소독하면 할수록 내 손이 차가워진다. 일회용 핫팩이나 충전용 손난로도 고려했으나, 핫팩이나 손난로에 균이 번식할 수 있어 포기했다.

영화 「번지 점프를 하다」에 "손이 차면 마음이 따뜻하대"라는 대사가 나온다. 다른 사람은 몰라도 적어도 손이 찬 의사는 환자를 위한 마음이 따뜻하다.

+++ 뒷이야기 +++　30년 전, 그러니까 오늘날 드라마 배경이 되는 1980년대에는 모든 것이 귀했다. 나를 포함한 동네 아이들은 마을을 돌며 30원짜리 사이다병, 50원짜리 맥주병을 주우러 다녔고, 그렇게 병 몇 개 모아 100원만 되어도 과자를 사 먹을 수 있는 시절이었다.

지금이야 아이가 있는 집이라면 모두, 귀에 대고 버튼 하나만 누르면 단 몇 초 만에 '삐' 하고 체온을 재는 체온계가 있다. 내가 아이였을 때, 아파서 병원에 가면 간호사 선생님은 일단 내 왼쪽 겨드랑이에 기다란 수은 체온계를 꽂았다. 병원에서도 수은 체온계를 쓸 정도였으니 집에 체온계가 있을 리 없었다.

내가 가끔 "엄마, 머리 아파" 그러면, 부엌에서 요리를 하던 엄마는 내게 다가와 어디가 아픈지 물어보지도 않고, 일단 내 이마에 엄마 손부터 가져다 대고는 진지한 표정으로 눈을 감으셨다. 그때만 해도 엄마 손은 엄청 컸고, 어린 내 이마는 작았다. 엄마가 내 이마에 손을 올리면, 내 눈은 자동으로 감겼다. 얼마나 지났을까, 엄마가 눈을 뜨면서 말했다. "음, 열 없네. 괜찮다" 또는 "아이고, 불덩이네" 그랬다.

가끔은 아무 말 없이 고개를 까우뚱거릴 때도 있었다. 그러면 엄마는 당신의 이마를 내 이마에 갖다 대고, 다시 눈을 감고 한참을 있다가 눈을 뜨면서 자신 없는 목소리로 "열은 별로 없는 것 같네" 말하셨다.

내가 "엄마, 배 아파"라고 말하면, 엄마는 일단 당신의 무릎에 나를 눕힌 다음 "엄마 손은 약손, 성관이 배는 똥배"라고 노래를 부르며, 당신의 따스한 손으로 내 배를 어루만져주셨다. 그러면 이상하게도 그전까지 아팠던 배는 조금씩 통증이 줄어들기 시작했고, 당신의 노랫소리가 잦아들 무렵, 내 배는 씻은 듯이 나았다.

옷을 빨고, 집 청소를 하고, 밥을 짓던 엄마 손은 체온계가 되고, 약도 되었다. 엄마는 당신 아들이 커서 해부 신경학에서 배우게 될, 통증이 있을 때 다른 자극을 같이 주면 통증이 약해진다는 '관문 이론'은 몰랐지만, 사랑하는 아들의 아픈 배를 열심히 문질러서 아들 배를 낫게 했다.

의사인 나도, 우리 딸 주희가 기침을 하거나 콧물이 나면, 집에 체온계가 있음에도 일단 손으로 딸 이마를 만져보며 "음, 열 없네" 그런다. 또 우리 딸이 "배 아파" 그러면, 옷을 올려 배를 보고, 청진기를 가져와서 장음을 들어보고, 배를 상중하, 우중좌, 총 아홉 곳으로 나누어 두드리고 눌러서 진찰을 하고, 냉장고와 약통을 뒤져서 약을 주기보다는, 일단 엄마가 했던 대로 딸을 무릎에 눕혀서 "아빠 손은 약손, 주희 배는 똥배" 노래를 부르며 배를 문질러준다. 그러면 신기하게도 내 목소리가 서서히 잦아들 즈음에 우리 딸은 잠이 든다. 이것은 현대 과학으로 아직도 풀지 못한 미스터리이다.

나는 어렸을 적 내 이마를 짚고 내 배를 만져주던 어머니 손을 잊지 못한다. 아빠가 된 내 손은 당신 손을 닮아간다.

나는 왜 의사를 하는가

"우리 모두 리얼리스트가 되자. 하지만 가슴속에 불가능한 꿈을 꾸자."

20대 초반 의대에 들어갔을 때, 닥터 노먼 베쑨과 함께 나에게 큰 영향을 미쳤던 체 게바라가 했던 말이다. 내 나이 서른아홉 살. 리얼리스트가 되어서, 내가 의사를 하는 이유를 짚어보았다.

1) 생계 수단

나는 가장이자, 주희 아빠이자, 윤정이 남편으로 집안 생계를 책임진다. 게다가 27년간 나를 키우신 부모님께서는 현재 수입이 얼마 없기에 적은 용돈이라도 손에 쥐어드리려면 돈을 벌어야 한다. 이직을 한다고 3주 정도 쉰 경우를 제외하고는 10년간 계속 일했다.

혹시나 내가 당장 의사를 할 수 없다면 어떤 일을 하면서 입에 풀칠을 할 수 있을까?

한때, 한 달에 다섯 명이나 과외를 하기도 했으나, 그것도 이미 13년 전이다. 지금은 입시 경향도 많이 바뀌었고, 이제 삼각함수는 가물가물하다. 학생을 가르치기 전에 내가 먼저 과외를 받아야 할 판이다.

책은 여섯 권이나 썼으나, 네 권만 발행되었고, 그 네 권마저 초판도 다 안 팔렸다. 인세라고 받은 건 모두 합쳐서 300만 원도 안 된다. 어머니께서는 "빵귀도 자주 뀌다 보면 똥이 나온다"라며 응원하시지만 때때로는 "도대체 그놈의 책은 언제 대박이 나냐?"며 나보다 더 갑갑해하신다. 지금도 부지런히 글을 쓰고는 있지만 작가로 먹고살기는 글러먹었다.

18년 전에 재수할 때, 집에 조금이라도 도움이 될까 해서 두 달간 술집에서 일했다. 사장과 나 둘뿐이라 카운터, 서빙, 화장실 청소까지 도맡아 해서 시간당 2,000원을 벌었다. 하루도 안 쉬고 한 달 내내 일했으나, 번 돈은 50만 원이 채 안 되었다. 친구와 노가다를 한 적도 있다. 4일 동안 13만 5,000원을 벌었다.

몇 년 전인가 자유형을 10일 정도 했더니, 우측 어깨가 아파서 팔을 들어 올리지 못했다. 어깨 힘줄이 뼈에 끼이는 충돌 증후군이었다. 근육을 키우려고 5kg 아령을 들었더니, 일주일 만에 손목이 시큰거렸다. 몸이 이럴진대 육체노동을 했다가는 버는 돈보다 치료비로 나가는 돈이 많을 듯싶다. 21세기 노가다인 택배 상하차를 갔다가는 반나절도 안 되어서 도망칠 게 뻔하다.

보험이나 제약회사 영업을 하려니, 술이라고는 소주 반병도 못 먹는 데다 성격도 사교적이지 못해서 실적 부족으로 1년도 못 채우고 잘리지 싶다.

공무원 시험을 볼까 생각도 했다. 한때 모의고사에서 전국 한 자리 등수를 찍을 정도로 공부에는 자신 있지만, 수능과 의사고시 전날에 거의 밤을 새울 정도로 큰 시험에 약했다. 게다가 공부를 잘한 것도 까마득한 옛날이라 안 될 확률이 높다.

요즘 대세인 유튜브는 어떨까? 몇 가지 생각해둔 아이템은 있지만, 컴퓨터 포맷도 돈 주고 할 정도로 지독한 컴맹이다. 새 노트북이나 핸드폰을 살 때마다 기대와 설렘은커녕 엄청난 스트레스를 받는 기계치다. 게다가 최소 몇 달은 수입이 아예 없고, 지출만 있을 텐데 당장 다음 달부터는 어떻게 먹고살아야 하나.

어머니의 평생 조언에 따라 빚을 안 내서 집도 없다. 2년간 몇천만 원으로 주식도 해보고, 펀드, 채권, 금, 원유까지 투자해보았으나 신경은 신경대로 쓰고, 돈은 돈대로 잃었다. 아내는, 만지면 황금이 되는 '마이더스의 손'이 아니라, 손만 대면 가격이 떨어지는 '마이너스의 손'이라고 종종 약 올린다. 종잣돈도 없는 데다 투자수익률도 마이너스라 돈을 벌기는커녕 잃기 바쁘기에, 투자는 안 한만 못했다.

서른아홉 살에 전세금도 부족해 전세대출을 받아 남의 집에 세 들어 살고 있다. 가끔 젊은 시절에 몸과 마음을 바쳐 수련을 받을 게 아니라 영혼까지 끌어모아 아파트를 샀어야 했다고 후회한다. 2020년에 닥친 기나긴 장마에 전세로 살고 있는 집 천장에서 물이 새고 있다. 아내도 의사이지만 서울에서 아파트 사는 걸 포기했다. 이번 생애는 망했다.

의사 말고는 할 줄 아는 것도, 할 수 있는 것도 없다. 이는 나 뿐만 아니라 의사라는 외길만 걸어온 사람들 모두 그럴 것이 다. 어쩔 수 없이 의사를 해서 먹고살아야 한다. 남자 나이 서 른아홉 살에 먹여 살려야 할 처자식이 있다. 새로운 걸 시도하 기에 늦은 건 아니지만 현실적으로는 불가능하다. 처자식이 없 는 10년 전이라면 또 모를까.

집에 돈이라도 많으면 좋으련만, 물려받은 재산이라고는 스 물일곱 살 대학을 졸업할 때 어머니께서 자취방 보증금을 빼 서 주신 천만 원이 전부이다. 어머니께서는 그 돈을 주시면서 얼굴에 미소를 띠며 말했다.

"이 돈으로 차도 사고, 집도 사고, 결혼도 해라. 이게 전부다."

서른아홉 살까지 배운 게 이것뿐이라, 먹고살기 위해 환자 를 본다.

2) 10년 넘게 상상했던 나의 꿈, 의사

영원한 행복이란 천국에나 있다. 연애나 사랑이 그렇듯 꿈도 예외가 아니다.

살아오면서 나는 몇 가지 꿈을 이루었다. 의대에 들어갔고, 초판도 다 못 팔았지만 책이란 걸 냈고, 지금의 아내를 여자친구로 맞이했다. 꿈을 이루는 순간만은 가슴이 터져 나갈 듯한 순수한 환희를 맛보았다. 특히 첫 책이 나왔을 때, 나는 시골 보건소가 떠나가도록 미친 사람처럼 혼자 소리를 질렀다. 발을 동동 구르며 하늘로 뛰어올랐다. 경주에서 윤정이 손을 처음 잡았을 때, 나는 세상을 다 가진 것 같았다.

시간의 파괴력이란 무서운 것이었다. 환희는 한 달은커녕 보름만 지나면 신기루처럼 사라졌다. 의사, 작가, 사랑을 이루어도 시간이 흘러 꿈이 일상이 되면 무덤덤해진다. 중학교 1학년 때부터 의사를 꿈꿨고, 중고등학교 6년에 재수 1년을 더해 7년 만에 간절히 바라고 바라던 의대생이 되었다. 스물일곱 살에 의사가 되었으나 그 기쁨도 잠시뿐이었다.

내 카톡 단체창 중에 가장 활성화된 방은 20대의 피 끓는 청춘을 함께한 의대 동기 방으로, 순수하게 남자만 다섯이다.

- 가정의학과를 마치고, 4년째 월급쟁이인 나
- 소화기내과 전문의를 마치고 대학병원에서 펠로우 2년을 마치고, 올해부터 임상 조교수가 된 이 교수
- 신경외과 전문의를 마치고, 대학병원에서 작년부터 임상 조교수가 된 신 교수
- 이비인후과 전문의를 마치고, 개업한 박 원장
- 성형외과 수련 중에 포기하고, 의원을 인수한 정 원장

의사 다섯 명이서 카톡을 하면, 3세대 면역 항암제 키트루다의 작용 기전 및 비소세포 폐암에서의 생존율 향상이나, 유전자 구조 분석을 통한 암 발생 가능성 예측, 고혈압 환자의 약물 순응도를 높이기 위한 방안 등에 관한 이야기를 나눌 것 같지만 그렇지 않다. 대화 내용의 90%는 '나이가 드니 이제 술 조금만 먹어도 힘들다'부터 해서, 이번에 이슈가 된 여자 연예인 이야기, 가장 만만한 정부와 대통령 비난, 얼마나 벌어야 일을 하지 않고서 먹고살 수 있을지에 대한 고민이다.

하루는 그중에 한 명이 의사 하기 싫다고 하니까, 소화기내

과 이 교수가 말했다.

〈그래도 환자 치료하고 좋아져서 "선생님 감사합니다" 이러면 만족감이 막 생기고 그러지 않나?〉

나도 그렇게 의사로서 만족감을 느낄 때가 있었다.

열여섯 살, 꽃이 채 피기도 전에 목숨을 끊으려던 현희가 있었다. 평소에 먹던 우울증 약을 잔뜩 먹고 의식을 잃은 채 응급실로 실려 왔다. 현희 아버지가 내 손을 붙잡고 "우리 딸 제발 살려주세요" 하며 펑펑 울었다. 현희는 중환자실까지 갔다가 다행히 며칠 만에 좋아졌다. 퇴원하면서 현희 아버지는 "선생님, 우리 딸 살려주셔서 정말 감사합니다" 하며 활짝 웃었다. 나는 더할 나위 없이 행복했다.

심장의 판막에 세균이 자라는 감염성 심내막염으로 입원하신 김순자 할머니는 한 달간 정맥으로 항생제만 투여할 계획이었다. 하지만 병원에 입원해 있는 동안 신장에 커다란 농양이 생겨서 수술을 받고, 거기에다 재감염이 와서 다시 시술을 받았다. 엎친 데 덮친 격으로 뇌출혈까지 생겨 중환자실을 넘나들며 있는 고생 없는 고생을 다 하셨다. 일반 병실에서 수술방으로, 그리고 중환자실까지 갔다가 겨우 퇴원하셨다. 급성기 환자가 대부분인 대학병원에서 한 달 넘게 입원해 계셨기 때문에 많은 이야기를 나눌 수 있었다. 일상 속 가벼운 이야기뿐만 아니라 사적인 이야기까지.

"선생님, 사귀는 사람 있으세요?"

"사귀는 사람은 없고, 아내와 100일 갓 지난 딸이 있습니다."

"아이고, 내가 참한 처자 소개시켜주려고 했는데."

"날씨가 이렇게 좋은데, 빨리 좋아지셔서 가족들이랑 산책 가셔야죠."

"그러게요. 입원을 하니 일상의 소중함을 알아가네요."

김순자 할머니는 퇴원하시면서 그동안 잘 살펴주셔서 감사하다며, 한 살 된 우리 딸이 입을 옷과 머리띠를 선물해주셨다. "멋진 의사 선생님이 될 거라 믿습니다"라고 손수 편지도 써주셨다. 감동의 순간이었다. '아, 역시 의사 하길 잘했어.'

하지만 대학병원에서 아침저녁으로 회진을 돌고, 이틀에 한 번 당직을 서고, 휴가를 빼고는 일요일과 공휴일에도 출근을 했다. 집에 못 들어가는 날이 집에 들어가는 날보다 더 많았다. 사랑하는 아내와 갓 태어난 딸 얼굴보다 환자 얼굴을 더 많이 보게 되었다. 퇴근해서도 24시간 휴대폰을 손에서 놓을 수가 없었다. 항상 피곤하니 예민해져서, 웃으며 넘길 일에 짜증 내는 경우가 많아졌다. 환자와 가족에게 소홀해지고, 내 삶이 피폐해지기 시작했다. 수련을 마치고 대학병원을 떠나기로 했다. 작은 의원에서 일을 하기 시작했다.

누군가 말했다.

〈야, 로컬은 환자 좋아지면 다시 안 온다. 안 나은 사람만 다시 와서 "왜 약 먹어도 안 낫느냐고 따지지."〉

진짜 그랬다. 아팠던 환자가 좋아져서 퇴원하는 경우는 더 이상 볼 수 없었다. 그리고 좋아진 환자는 병원에 다시 오지 않았다. 의사로서의 보람은 확실히 줄었다. 그래도 아내와 딸에게 충실할 수 있었다. 의사가 사람을 살리는 일이라기보다 하나의 직업이 되었다.

유치원 교사는 유치원생만 보고, 선생님은 학생만 보듯, 직업으로서 의사의 안 좋은 점은 항상 아픈 사람 얼굴만 본다는 것이다.

과외했던 학생 중에 피부도 하얗고, 고등학교 때부터 가발을 쓸 정도로 자신을 가꾸기 좋아했던 혜란이가 있었다. 나는 의사가 되고, 혜란이는 스튜어디스가 되어서, 선생과 학생이 아니라, 같은 직장인으로 만났다. 서로의 일에 대해서 이야기하던 중에 그녀가 한 말이 기억난다.

"선생님, 저는 비행기를 탄 사람들의 얼굴을 보는 게 좋아요. 주로 여행 가는 사람들이라, 여행에 대한 설렘과 기대가 가득 찬 표정을 보면 저도 모르게 가슴이 두근거리거든요."

그런 혜란이가 참 부러웠다. 의사로 일하면 아픈 사람 앞에서 웃을 수가 없다.

3) 현실적인 의사의 보람

의사도 하나의 직업이다. 직업으로서의 보람을 정리해본다.

1. 전문가로서
- 술기나 수술 등 실력이 늘어갈 때
- 어려운 질환을 진단했을 때
- 자신이 쓴 논문이 채택되었을 때

2. 의사로서
- 환자나 보호자가 칭찬하거나 고마워할 때: 요리사에게 가장 큰

칭찬이 "정말 맛있게 먹고 갑니다"이듯이, 의사로서 가장 보람 있을 때는 "덕분에 잘 낫고 갑니다"이다. 설령 내가 아닌 다른 의사였더라도 똑같이 치료받고 나았을지언정.

3. 병원을 운영하는 원장 입장에서
- 병원이 자리 잡고 커져가며 매출이 늘 때

4. 직장인 입장에서
- 모든 직장인의 보람인 월급 및 휴가
- 승진, 실적 증가 등 직장 내에서 자신의 입지가 커질 때: 대학병원 교수라면 학생들이 성장하고, 전공의들의 실력이 늘 때, 큰 프로젝트를 따 왔을 때 등이 추가된다.

5. 자식으로서
어디에 내놓아도 부끄럽지 않은 자식이 되나 실제로는 별 도움이 안 된다. 아들이나 딸이 의사면 부모님이 안 아프고, 어떤 병도 단번에 낫게 할 거라고 생각하지만, 어디가 아파서 전화하면 고작 하는 소리는 '병원 가보세요'뿐이고, '왜 진작에 아프다고 안 했어요?'로 이어지는 잔소리뿐이다.

스무 살 이후, 20년 가까이 배운 게 의술밖에 없다. 당장 일을 하지 않으면 처자식이 굶는다. 나는 할 수 있을 때까지 좋든 싫든, 보람이 있든 없든, 환자가 칭찬을 하든 욕을 하든, 환자를 봐야 한다. 그래야 돈을 벌고 생계를 유지한다.

4) 가슴에 품고 있는 불가능한 꿈

10년 넘게 '가슴에 품고 있는 불가능한 꿈' 세 가지가 있다.

첫째는 이렇다. 하루에 환자 스무 명만, 오로지 100% 예약제로 진료를 한다. 환자가 오면, "어디가 불편해서 오셨어요?" 같은 딱딱한 멘트가 아니라, "뭐 마실래요?"라며, 손수 따뜻한 차나 커피를 내려주고 진료를 시작한다.

등받이 없는 작은 의자가 아니라, 편안한 의자에 비스듬하게 반쯤 누워서 오랜 친구처럼 이야기를 나눈다. 어디가 아픈지뿐만 아니라, 밥은 잘 먹는지, 운동은 하는지, 삶에서 힘든 건 없는지, 가족 관계는 어떤지, 현재 가장 큰 어려움이나 난관은 뭔지 살핀다.

진료가 끝나면 종이 한 장의 처방전으로 끝나지 않는다. 진단명부터 병이 생기는 기전, 어떤 운동이나 음식이 도움이 되는지, 피해야 할 음식은 어떤 건지, 어떻게 하면 다시 안 걸릴지 자세히 설명을 한다.

가족 주치의가 되고 싶다. 갑자기 밤에 증상이 더 심해지거나 어디가 아프면 즉시 전화로 물어볼 수 있도록 개인 연락처를 준다. 환자가 큰 병원이나 응급실에서 치료를 받게 되면, 즉시 병원으로 달려가 환자와 대학병원 사이에서 의사소통 역할을 한다. 현재 치료 방향이 맞는지, 다른 치료는 없는지, 중환자실로 갈 건지, 호스피스 치료를 받을 건지에 대해서 자세하게 알려주고, 잘 모르는 환자와 보호자를 대신해 담당 의사와 치료에 대해서 문의하고 상의를 한다.

물론 이렇게 하려면, 내가 엄청 부자이거나 진찰료가 열 배이상 올라야 한다. 둘 다, 이루어질 리 없으니 혼자 가슴속에 불가능한 꿈을 간직해본다.

두 번째는 보호자가 없는 환자가 입원했을 때 옆에 앉아 책을 읽어주다 환자와 같이 잠드는 것이다. 내가 지금 우리 딸 주희에게 하는 것처럼. 내가 워낙 책을 좋아해서 사람들에게 책이 주는 기쁨을 선물하고 싶다.

세 번째로 성탄절에 산타가 되어 소아 병실을 돌며 밤에 몰래 선물을 나눠주고 싶다. 대학병원에 있을 때 두 번째와 세 번째를 꼭 하고 싶었다. 하지만 체력이 바닥난 걸 넘어, 먹고 자기 바빴기에 해볼 엄두조차 내지 못했다. 의사를 관두기 전 기회가 된다면 저 두 가지는 꼭 해보고 싶다.

5) 진짜 에필로그

수두에 걸려 5일간 격리하고 오늘 완치 판정을 받으러 온 일곱 살 서희. 머리를 양쪽으로 묶어 삐삐 머리를 하고, 얼굴에는 수두 딱지가 몇 개 나 있다. 나를 보는데 부끄러워서 그런지 제대로 쳐다보지 못한다.

"다 나았다. 그동안 심심했지? 유치원 가서 며칠 동안 못한 공부 열심히 하고, 친구들과 잘 놀아."

그러자 서희가 얼굴을 붉히며 돌돌 만 종이 하나를 내민다.

"의사 선생님 주려고 그렸어요."

아이의 그림을 보면서 20년 전, 의사를 꿈꾼 것이 현명한 선택임을 깨닫는다. 그리고 다시 한 번 불가능한 꿈을 꿔본다.

일곱 살 서희가 준 그림